Modernização pelo Avesso

Estudos Literários 48

WILSON JOSÉ FLORES JR.

Modernização pelo Avesso
Impasses da Representação Literária em
Os Contos de Belazarte, de Mário de Andrade

Ateliê Editorial

Copyright © 2015 by Wilson José Flores Jr.

Direitos reservados e protegidos pela Lei 9.610 de 19 de fevereiro de 1998.
É proibida a reprodução total ou parcial sem autorização, por escrito, da editora.

Dados Internacionais de Catalogação na Publicação (CIP)
(Câmara Brasileira do Livro, SP, Brasil)

Flores Jr., Wilson José
 Modernização pelo Avesso: Impasses da Representação Literária em Os Contos de Belazarte, *de Mário de Andrade* / Wilson José Flores Jr. – Cotia, SP: Ateliê Editorial, 2015. – (Coleção Estudos Literários)

ISBN 978-85-7480-697-6
Bibliografia

1. Andrade, Mario de, 1893-1945. Os contos de Belazarte – Crítica e interpretação I. Título. II. Série.

15-00454   CDD-869.909

Índices para catálogo sistemático:
1. Literatura brasileira: História e crítica   869.909

Direitos reservados à
ATELIÊ EDITORIAL
Estrada da Aldeia de Carapicuíba, 897
06709-300 – Granja Viana – Cotia – SP
Telefax: (11) 4612-9666
www.atelie.com.br / contato@atelie.com.br
2015
Printed in Brazil
Foi feito o depósito legal

a Kelly,
pela cumplicidade,
à Manu e ao Renato.

Sumário

Apresentação 9

Introdução 13

1. Literatura de Circunstância 17

    Contos, Crônicas 21

    "Obras Menores", "Obras-primas" 24

    Estilização da "Fala Brasileira" 28

    Uma Ação Dialética 37

2. Uma "Obra Menor" 43

    Representações de São Paulo: Mário de Andrade
        Leitor de Alcântara Machado 43

    Belazarte: A Origem nas "Crônicas de Malazarte" 55

    Belazarte, o Diabo e os Engodos da Modernização
        Brasileira 59

O Oral e o Escrito: O Aproveitamento da "Fala
Brasileira" e os Dois Níveis Narrativos dos Contos. . 64

Questão de Forma. 67

Estética e Política; Experimentalismo e Polêmica:
Entre os Anos 1920 e os Anos 1930. 76

3. FORMA LITERÁRIA E PROCESSO SOCIAL 79

Ajustando o Foco 79

Um Princípio Formal 87

Aproximação e Distanciamento: Problematizando o
Ponto de Vista de Belazarte 92

Conto Popular, Conto Moderno. 95

Matriz Histórica: Choque e Conjugação de
Temporalidades no Processo de Modernização
de São Paulo (a Colônia, o Campesinato,
o Proletariado) 99

Conquistas e Limites: Dilemas da Representação
Literária no Brasil 105

4. ANÁLISE DOS CONTOS 109

Ingenuidade sem Valor, Malandragem sem Brilho . . . 112

"Choque de Classes" .127

Vivências de Isolamento, Desamparo e Abandono . . . 141

CONSIDERAÇÕES FINAIS 157

BIBLIOGRAFIA 163

Apresentação

Este livro é uma versão ligeiramente modificada de minha Dissertação de Mestrado apresentada ao Departamento de Letras Clássicas e Vernáculas da Universidade de São Paulo, defendida em 2004, sob orientação do Prof. José Antonio Pasta Jr. Participaram da banca o Prof. André Bueno (UFRJ) e a Profa. Ivone Daré Rabelo (USP). O núcleo da discussão permanece, basicamente, inalterado. A ideia foi ser o mais fiel possível ao texto original e às ideias que o sustentavam. A maioria das alterações refere-se a sugestões feitas pela banca e ao desenvolvimento de algumas discussões que, à época, ficaram um tanto bruscas e excessivamente condensadas, devido às aflições que os prazos regimentais e a organização da vida, por vezes, acabam impondo.

O principal acréscimo foi a inclusão de um capítulo dedicado à análise dos contos, cobrança feita tanto por meu orientador durante o processo de escrita, quanto pela banca durante a defesa. Parte das análises que aqui compõe o capítulo IV havia sido feita na dissertação ao longo do capítulo III, mas essa solução revelou-se falha, pois deixou lacunas que dificultavam a avaliação das repercussões da discussão proposta nas narrativas particulares. Era assunto pendente, exigido pela leitura que aqui se realiza de *Os Contos de Belazarte* e de aspectos da produção de Mário de Andrade, principalmente no que se refere à sua concepção das relações entre "arte" e "ação" e de seu intenso – e controverso – projeto de intervenção cultural. Poder realizá-lo deu-me a sensação de ter me aproximado, finalmente, de uma versão, por assim dizer, mais acabada deste trabalho, justificando sua publicação.

Quero agradecer ao meu orientador, José Antonio Pasta Jr., pelo incomensurável estímulo que suas aulas e sugestões representaram para mim. Ao Prof. André Bueno (UFRJ) pela arguição estimulante e pelas provocações que continuam motivando ideias e desdobramentos; à Profa. Ivone Daré Rabelo (USP) pela leitura generosa e pelas reflexões argutas a respeito do trabalho; à Profa. Jaqueline Penjon (Université Paris III) e ao Prof. Valentim Facioli (USP) pelas valiosas contribuições no exame de qualificação.

Agradeço ao Arquivo do Instituto de Estudos Brasileiros (IEB/USP) pelo acesso ao acervo e, em especial, aos manuscritos do prefácio que Mário de Andrade escreveu para *Belazarte*, mas que não chegou a publicar.

Também agradeço aos amigos Ubirajara Inácio de Araújo pela amizade, incentivo, confiança, sensibilidade e pela revisão do texto da dissertação, e a Sérgio Ivanchuk pelo estímulo e pelo auxílio com as "línguas estrangeiras". À Profa. Kátia Bastos Machado e ao Prof. Roberto Wilson Torres de Menezes pelo afeto, respeito, pela motivação e pela amizade. À Profa. Eleonora Camenietzki Ziller (UFRJ), à Profa. Irenísia Torres de Oliveira (UFC) e ao Prof. Homero Vizeu Araújo (UFRGS) pelo incentivo decisivo para a publicação deste texto.

E, muito ternamente, aos amigos Renato Antonio Alves e Patrícia pelo companheirismo; a Marcelo Daher pela amizade, inteligência e sensibilidade; à Silvinha pela ternura; e a Helena Meidani pela amizade e pela estimulante energia.

Parte do trabalho original não é inédita. Uma primeira síntese das ideias que sustentam a análise foi exposta no I Colóquio Internacional "Literatura e Modernização no Brasil", organizado nos quadros de um acordo entre a USP e o COFECUB e realizado na FFLCH entre os dias 21 e 23 de novembro de 2000. Essa comunicação foi posteriormente transformada em um artigo publicado no livro *Littérature et modernisation au Brésil*, organizado pelos professores José A. Pasta Jr. e Jacqueline Penjon e publicado em 2004, em Paris, por Presses Sorbonne Nouvelle.

Introdução

Os Contos de Belazarte reúnem sete narrativas escritas entre 1923 e 1926: "O Besouro e a Rosa" (1923), "Jaburu Malandro" (1924), "Caim, Caim e o Resto" (1924), "Menina de Olho no Fundo" (1925), "Túmulo, Túmulo, Túmulo" (1926), "Piá não Sofre? Sofre."(1926) e "Nízia Figueira, sua Criada" (1925). O livro, contudo, foi publicado apenas em 1934, após alguns anos de hesitação de Mário de Andrade.

Situados na São Paulo da década de 1920, os contos focalizam a cidade não a partir do centro, mas da periferia, com atenção especial aos incipientes bairros pobres da São Paulo de então, como a Lapa e o Brás. Como se procurará discutir, a escolha do foco é bastante deliberada, pois trata de problematizar o momento histórico, tendo em vista produzir um contraponto à euforia frente à modernização que tomava conta de parte da literatura da época. E, ao fazer isso, configura uma apreensão dilemática do processo de modernização paulistano que foi apenas incidentemente reconhecida pela crítica.

Comumente vistos como uma obra menor, as fraturas estéticas de *Os Contos de Belazarte* apontam para uma adaptação profunda e problemática da linguagem a seu objeto. As marcas específicas da "literatura de circunstância", de relativo inacabamento, bem como o contraste entre formas narrativas díspares, entre outras, são modos de apreender o mundo precário e dilacerado que é o da periferia da cidade de São Paulo em pleno momento de expansão econômica e industrialização. No centro desse processo, a análise aqui desenvolvida visa, particularmente, à mistura de códigos orais e escritos, tradicionais e modernos, que expressam, no plano da organização estrutural das narrativas, a coexistência de ritmos históricos incongruentes mobilizados pelo sentido e pelos interesses da *modernização conservadora* e expressos na incompatibilidade entre avanços econômicos e sociais. Disso resulta (como se procurará discutir) que, em sua feição tensionadamente dialética, *Belazarte* antecipa parte da crítica à visão dicotômica da modernização brasileira empreendida nas décadas seguintes pelas ciências humanas.

Assim, tendo como eixo o processo de modernização brasileiro, tal como se apresentava quando visto a partir da São Paulo da década de 1920, o objetivo deste estudo é refletir sobre as relações entre forma literária e processo social, enfocando dois aspectos centrais dessas relações: (1) a complexa, difícil, às vezes impossível, no caso brasileiro, representação literária consequente das classes populares (algo particularmente dilacerante para Mário de Andrade, como sobressai da discussão a respeito das relações entre sua produção e a de Alcântara Machado e das mediações em jogo nas narrativas de Belazarte); e (2) os embates e limites das soluções formais que plasmam os contos, visando à representação literária das contradições que formavam e deformavam a modernização avassaladora da cidade que se afirmaria como a violenta e orgulhosa "locomotiva do Brasil".

O capítulo 1 procura armar a cena para a discussão de *Os Contos de Belazarte* a partir da consideração do modo dialético como Mário de Andrade concebe seu papel de escritor e, consequentemente, a relação entre realização estética e ação prática. Além disso, o capítulo introduz boa parte das discussões que norteiam este trabalho: a consideração a respeito do "menor" na produção de Mário de Andrade, a busca por uma forma que fosse capaz de representar as contradições da realidade histórica que o autor confrontava, além dos dilemas vividos pelo autor entre aspirar uma realização estética pura e autônoma e o esforço prático de intervir ativamente nos debates do tempo, o que ele percebia como uma necessidade incontornável.

No capítulo II, são analisadas as origens dos contos e, sobretudo, as de seu narrador, Belazarte. Para isso, discute-se a leitura que Mário de Andrade fez da obra de António de Alcântara Machado, a quem dedicou *Belazarte*. São discutidas também as origens de Belazarte nas "Crônicas de Malazarte" e analisadas algumas das facetas que a personagem assumiu ao longo da produção de seu autor. Além disso, busca-se analisar o aproveitamento do ritmo do relato oral na configuração dos contos, partindo do conhecido e sempre polêmico projeto do escritor de estilização da fala brasileira.

Já no capítulo III, analisa-se a configuração geral dos contos a partir da discussão do modo como o assunto se configura literariamente, bem como das ambivalências que cindem o ponto de vista narrativo e da análise das opções formais postas em movimento nos contos.

E no capítulo IV, os contos são discutidos mais de perto, numa tentativa de complementar o movimento (predominante nos outros capítulos) de enfatizar o conjunto do livro. A análise, menos do que um exame exaustivo, busca reconhecer, em cada um dos contos, aspectos que são definidores de sua realização particular, bem como de seu diálogo com os demais, como meio de melhor compreender as mediações concretas que formam o conjunto.

1
Literatura de Circunstância

No final do prefácio que o autor escreveu para *Os Contos de Belazarte* em 1930, mas que não chegou a publicar, Mário de Andrade expressa um desejo que acabou em boa medida se concretizando: "Espero que este livro seja detestado. Isso não prova que ele seja bom, mas me liberta. O maior castigo do artista é ser gostado. Não lhe dá amigos, lhe dá muitos companheiros. Os outros principiam compreendê-lo *excessivamente* e não tem nada que deforme e suje mais uma entidade que a excessiva compreensão dos outros"[1]. De fato, *Belazarte* nunca figurou entre as obras mais conhecidas do escritor.

1. Grifo do autor. Os manuscritos do prefácio estão hoje no Arquivo Mário de Andrade do Instituto de Estudos Brasileiros da USP. Em 1929, os contos estavam prontos para publicação, mas o autor desistiu de publicá-los devido aos ares das vésperas da Revolução de 1930. Em carta a Bandeira, de 27 de dezembro de 1929, Mário diz: "Comigo sucedeu uma coisa engraçada, faz uns dois meses. Passei a limpo os contos de Belazarte, levei pro impressor, combinei preço, tudo, dei ordem, pra se imprimir. Cheguei em casa, me bateu uma tal descoragem de publicar livro agora! É estúpido a gente estar imaginando em literatura numa

De todo modo, essa apreensão quanto a "ser gostado" foi expressa por Mário em vários momentos de sua produção. O receio de escrever para satisfazer o público atormentou-o sempre, ao mesmo tempo em que lamentava o "excesso" de combates em que se envolvia e sentia-se cansado de sofrer "injustiças" e ser atacado. Em boa medida, tais atitudes se ligam à ênfase do autor na ideia de "sinceridade" (conceito complicado, mas insistentemente utilizado e defendido por ele), bem como na visão de sua obra como "missão", sintetizada numa conhecida formulação presente na primeira carta que enviou a Carlos Drummond de Andrade, datada de 10 de novembro de 1924:

[...] Nós temos que dar ao Brasil o que ele não tem e que por isso até agora não viveu, nós temos que dar uma alma ao Brasil e para isso todo sacrifício é grandioso, é sublime. E nos dá felicidade. Eu me sacrifiquei inteiramente e quando penso em mim nas horas de consciência, eu mal posso respirar, quase gemo na pletora da minha felicidade. [...] A minha vaidade hoje é ser transitório. Estraçalho minha obra. Escrevo língua imbecil, penso ingênuo, só pra chamar a atenção dos mais fortes do que eu pra este monstro mole e indeciso ainda que é o Brasil. Os gênios nacionais não são de geração espontânea. Eles nascem porque um amontoado de sacrifícios humanos anteriores lhes preparou a altitude necessária de onde podem descortinar e revelar a nação[2].

Mário de Andrade se via como parte desse "amontoado de sacrifícios" que prepaririam o surgimento de um "gênio nacio-

---

época destas em que nem se sabe o Brasil em que irá dar. Crise, inda por cima, e a gente criando 'luxo'. Achei que era besteira publicar e no dia seguinte retirei os originais da tipografia. Tem momentos porém em que me volta a vontade de publicar já a coisa. Isto vai numa palhaçada tamanha que o melhor é a gente não se importar mesmo, ir embora pra Passárgada!" (Andrade; Bandeira, 2000, p. 435). E no início do prefácio abandonado, escrito em 1933, com percepção ligeiramente diferente: "Uma perturbadora intoxicação de vaidade causada por alguns acontecimentos que desde início de 1930 me predispuseram a acreditar excessivamente em mim, me fizeram retardar, pra não dizer abandonar a publicação deste livro".

2. Andrade, 1988, p. 23.

nal" que iria, final e, por que não, messianicamente, "descortinar e revelar" a nação brasileira. O "sacrifício" a que o autor submeteu sua obra, aliás, é um dos motivos da recepção crítica ambivalente que sua obra motivou. Indiscutivelmente canonizado, Mário de Andrade está longe de ser uma unanimidade. Além disso, apesar de poucos escritores brasileiros possuírem uma produção tão vasta e diversificada, a crítica tendeu a dedicar atenção a algumas poucas obras que, desde cedo, foram consideradas suas "obras-primas". O escritor ficou conhecido, principalmente, como o autor de *Macunaíma* e, em menor grau, de *Pauliceia Desvairada*. Em segundo plano, aparecem obras como *Contos Novos, Amar, Verbo Intransitivo* ou *Lira Paulistana*. As outras obras, inclusive boa parte de suas reconhecidamente importantes reflexões críticas e teóricas sobre a literatura e as artes, pouco foram discutidas de fato[3] e entraram, digamos, no fosso do lugar comum daquilo que os manuais escolares entendem por "Modernismo", pautado em algumas "verdades" consensuais que tendem a ser reproduzidas sem crítica ou reflexão.

Esse tipo de consenso pouco problematizado perpetua a ideia de que "o grande escritor de *Macunaíma*", "o mais importante e representativo autor do início do Modernismo brasileiro" – apenas para citar alguns jargões – teria cometido excessos em sua produção, muitos deles conscientes e justificados pelas

3. No artigo "Evolução do Conto", Herman Lima afirma que *Primeiro Andar* e *Belazarte* (livros que o autor diz pertencer à "fase vermelha do início") se ressentem "mais duma exuberância de cacoetes do que mesmo duma evolução formal da arte de contar, sendo mesmo de observar que a quase totalidade de suas histórias de então acaba como os contos de fada: 'Nízia era muito feliz'; 'Só sei que Carmela foi muito infeliz'. É somente no livro póstumo, *Contos Novos*, no qual se reúnem produções longamente trabalhadas, algumas em duas e três versões, como as de Kafka, que o multímodo papa do movimento se revela em toda a sua força de autêntico criador, muita vez com verdadeiras obras-primas" (H. Lima, "A Evolução do Conto", em Coutinho, 1986, p. 42). É interessante notar que o acento francamente negativo que indicaria a fragilidade criativa dos contos recai, na opinião do crítico, sobre o fato de algumas histórias acabarem como os contos de fadas. De acordo com a perspectiva deste trabalho, essa presença de elementos do conto tradicional é um achado expressivo fundamental e de grande impacto no arranjo geral das narrativas. Essa discussão será realizada no capítulo III.

necessidades de combate de um tempo em que importava estabelecer uma nova concepção de arte, mas que, de qualquer modo, teriam comprometido (mais ou menos a depender da perspectiva e das preferências pessoais do crítico) parte de sua produção literária.

Como já foi afirmado, o próprio Mário de Andrade frequentemente chamou a atenção para certa "vocação sacrificial"[4] de suas obras que teriam, sobretudo, a intenção de provocar, instigar, intoxicar, "malestarizar" e, com isso, abrir novos caminhos para a reflexão e para a produção artística. Por isso, várias vezes, o escritor enfatizou que não tinha pretensão de durar; ao contrário, pretendia fazer de suas produções, mais do que obras, ações práticas no campo da cultura que servissem de exemplos às próximas gerações de escritores[5]. Se há problemas nisso – e certamente não são poucos – há consequências e nuances que a aceitação imediata do ponto de vista do autor sobre si mesmo e sua produção simplesmente leva a ignorar.

Primeiramente, convém notar que as referências que o autor mobiliza são bastante ecléticas: há um fundo católico, influxos que vinham das vanguardas europeias, valores associados às lutas e aos processos sociais que agitavam o Velho Mundo desde meados do século XIX, certo humanismo genérico, bem como pontos de vista resultados de uma avaliação cuidadosa e minuciosa (e nem por isso menos problemática) de aspectos da

---

4. No prefácio não publicado para *Belazarte*, Mário de Andrade reafirma ainda outra vez a "vocação sacrificial" de sua produção e dos contos que compõem o livro: "O que fica de mais bonito em mim, e tenho de mais odiável, é o trabalho diário, a atividade em prol de alguma coisa. Jamais esse trabalho foi em proveito meu e isso é irritante, eu sei. Pratiquei, continuarei a praticar muitíssimas mentiras e extorsões. [...] atiro elogios e ataques. Pelas pessoas? Mando todo mundo, um por um, àquela parte. E eu também. Si atiro é pelo que isso possa ter dum humano valor. Ah, sacrifícios que nada poderá pagar... Uma consciência lâmina cortando, cortando sem parada a gente pelo meio..."
5. Sobretudo em sua correspondência há inúmeras passagens nas quais o escritor se refere à sua produção não como obra, mas como ação (cf. Andrade, 1988, cartas I, IV, V, VII, XXV e XXXIV a Drummond; e Andrade; Bandeira, 2000, cartas 22, 43, 69, 91, 97, 105, 171, 178, 227, apenas para citar alguns exemplos).

realidade brasileira. Aliás, em certa medida, essa dificuldade de situar claramente os termos do debate é um índice da distância que separa os modernistas brasileiros de algumas tendências da arte europeia da primeira metade do século XX, como o teatro de Brecht ou o Surrealismo.

Mas o trecho do prefácio citado no início deste capítulo desperta também uma dúvida: não seria o desprezo à aprovação alheia apenas mais uma das facetas do cabotinismo do escritor? Como ensina a dialética, a resposta não costuma ser simples, mas resultado de combinações tensas, contraditórias, ambivalentes e, no caso de Mário de Andrade, especialmente dramáticas. A insistência do autor nesses rótulos irritou certa vez Manuel Bandeira. Após anos de correspondência e de amizade entre os dois, em resposta a uma carta em que Mário se dizia "o homem mais antipatizado e mais irritante da literatura moderna brasileira", mas também "dos mais úteis se não for o mais útil", uma vez que, em sua opinião, sua poesia "não é arte, é ação"[6], Bandeira foi enfático: "Sua poesia não é só ação, foda-se! O que há é que a grande poesia gera sempre ação porque é bruta energia, como o calor, a eletricidade etc. E *ciao*!"[7]

CONTOS, CRÔNICAS

Sérgio Milliet foi, provavelmente, o primeiro a se pronunciar sobre o *Belazarte*. Em resenha publicada no jornal *A Plateia*[8] em abril de 1934, pouco tempo após a primeira edição em livro dos contos, o crítico aponta o que considera ser conquistas expressivas, identificando aspectos do que estaria em jogo nas aparentemente despretensiosas narrativas do livro. Milliet reconhece nos contos um ritmo "bonito, gostoso" da linguagem "de povo em dia de semana" que dá o tom das histórias as quais "a gente

---

6. Andrade; Bandeira, 2000, carta de 4 de outubro de 1927, pp. 354-356.
7. *Idem*, 2000, carta de 10 de outubro de 1927, pp. 356-357.
8. Milliet, "Belazarte", em *A Platea*, São Paulo, 23 de abril de 1934. (Recortes – IEB/USP.)

ouve até o fim, sem distrair a atenção para o rádio do vizinho ou a conversa da mesa de família onde se comentam os casamentos e os enterros conhecidos". Essa fluidez das histórias de dia a dia que atraem a atenção completa-se, na opinião do crítico, pelo modo despojado de narrar "alegre ou triste, ao acaso dos casos ocorridos, sem prefácios sabidos, sem deduções morais ou ensinamentos de qualquer ordem"[9]. Por isso, Milliet afirma que "si *Remate de males* foi a mais pura cristalização do poeta em Mário de Andrade, *Belazarte* é a cristalização do prosador. Não no sentido MAUPASSANT, de arte perfeita, com preocupações construtivas de forma, com tendência para monumento, mas de expressão simples, lapidada, sem falhas nem sobras, de uma emoção forte".

A afirmação é enfática e controversa, sobretudo se considerarmos que *Belazarte* foi publicado em 1934, seis anos após *Macunaíma*. Vistos de hoje, parece difícil ver nos contos "a cristalização do prosador" Mário de Andrade, seja porque a história do "herói de nossa gente" é literariamente superior, seja porque, na década seguinte, publicado postumamente, apareceria *Contos Novos*, coletânea em que se encontra o ponto culminante do trabalho de Mário com as narrativas curtas. De qualquer maneira, Milliet considera que, ao invés da "tendência para monumento" e da pretensão de "perfeição", a qualidade fundamental de *Belazarte* se ligaria à sua simplicidade, ao seu despojamento, à naturalidade do ritmo narrativo, que resultariam numa composição perfeitamente trabalhada ("lapidada"), precisa e direta ("sem falhas nem sobras"). Essa qualidade, que se faz pelo despretensioso e pelo despojamento, não definiu a principal linha de força da recepção dos contos, a qual, repetidamente, tendeu a enfatizar o que seriam os aspectos menores da construção, suas falhas e "excessos".

---

9. Como discutiremos no capítulo III, há sim uma dimensão de ensinamento nos contos, mas de tipo negativo, avesso, que parece indicar a impossibilidade, a inutilidade de lutar contra o "destino" que conduz a vida das personagens. A dimensão histórica desse "destino" também é tema do mesmo capítulo.

Aliás, Milliet reconhecia também aspectos que considerava como falhos na composição. Após a introdução elogiosa, o crítico afirma que "nem todos os contos apresentam [...] esse aspecto de pureza". Apesar de Mário de Andrade ter sabido contornar "habilmente o melodrama", atingindo a "tragédia-reportagem romantiquinha, numa dosagem sábia que permite a leitura do conto do princípio ao fim", Milliet argumenta que "às vezes a observação é um tanto displicente, objetiva demais, irônica apenas, de espectador. É quando domina ainda a vontade parnasiana de projetar uma imagem cinematográfica da vida, sem penetrá-la a fundo". Limite que o crítico reconhece também nas obras de Oswald de Andrade, Alcântara Machado, Jorge Amado e Lins do Rego, a despeito da qualidade que, segundo ele, as situaria (incluindo *Belazarte*) muito além do excesso de "verbosidade" e da "ausência de vibração social" da "maioria de nossos prosadores".

No final do texto, Milliet retoma o tom de elogio e afirma que quando Belazarte "conta é preciso ouvi-lo", pois "sabe dizer e o que diz. Não vive longe do mundo, não tem apartamento com banheiro na famosa Torre de Marfim". E conclui: "com essa vida múltipla, que se enraíza em todos os meios sociais [refere-se à inserção social de Belazarte como personagem e narrador que lhe possibilita acesso a diferentes personagens e situações], Mário de Andrade traz para a literatura brasileira uma modalidade nova, e principalmente muito sua, de expressão e de sentir". Daí que, em sua opinião, "*Belazarte* é um livro que fratura os horizontes de uma simples crônica. Exige um estudo".

Sem dúvida. A despeito dos limites, certamente as narrativas de Belazarte não se reduzem a "simples crônicas". De qualquer maneira, a necessidade de afirmar isso repõe o problema. Mário sempre se referiu às narrativas do livro como contos. Mas, como será discutido no próximo capítulo, Belazarte surge em crônicas que o autor escreveu ao longo dos anos 1920, o que torna a discussão do gênero uma importante questão crítica, sobretudo no momento imediatamente posterior ao surgimento do livro. Além disso, resta entender qual seria e como se configuraria essa "modalidade nova, e principalmente muito" própria de Mário de Andrade, "de expressão e de sentir". Essa discussão, bem como a análise da configuração do ponto de vista narrativo são os motes do capítulo III.

"OBRAS MENORES", "OBRAS-PRIMAS"

No poema "Aspiração" – escrito em 09.09.1924 e publicado em *Remate de Males* – encontra-se uma espécie de síntese da aspiração de Mário a ser exemplo, de modo a "dissolver-se nos homens iguais", alcançando o que chama de "doçura da pobreza assim":

Doçura da pobreza assim...
Perder tudo o que é seu, até o egoísmo de ser seu,
Tão pobre que possa apenas concorrer pra multidão...
Dei tudo o que era meu, me gastei no meu ser,
Fiquei apenas com o que tem de toda a gente em mim...
Doçura da pobreza assim...

Nem me sinto mais só, dissolvido nos homens iguais!

Eu caminhei. Ao longo do caminho,
Ficava no chão orvalhado da aurora,
A marca emproada dos meus passos.
Depois o Sol subiu, o calor vibrou no ar
Em partículas de luz doirando e sopro quente.

O chão queimou-se e endureceu
O sinal dos meus pés é invisível agora...
Mas sobra a Terra, a Terra carinhosamente muda,
E crescendo, penando, finando na Terra,
Os homens sempre iguais...
E me sinto maior, igualando-me aos homens iguais!...[10]

10. Andrade, 1976, p. 228.

O poema reafirma aspectos do que está sendo discutido. Parte da obra do escritor voltou-se à defesa de algo: de certa imagem de si, dos princípios da arte moderna, da necessidade de dedicar-se ao Brasil, sendo cada um desses momentos implicado nos demais, parte de uma subjetividade literária que cultivava certa "arte do sacrifício".

"Aspiração" não chega a ser uma realização poética significativa. É um exemplo claro do "sacrifício" a que o escritor tanto se refere, do imenso esforço intelectual, artístico e pessoal que custará muito caro ao poeta, obrigando-o a reconhecer uma impossibilidade que o corroerá intensamente. *Belazarte*, aliás, em certo aspecto, é um dos momentos de reconhecimento da aproximação desejada e impossível (ao menos nas condições em que Mário produziu sua obra) entre o intelectual e o povo de quem quer se aproximar.

A esse respeito, convém recordar as considerações de Walter Benjamin em "O Autor como Produtor"[11]. Nesse ensaio amplamente conhecido, o autor dialetiza a "enfadonha dicotomia" que dominava as discussões de seu tempo entre a apreciação da tendência política de uma obra e a apreciação de sua qualidade literária, propondo uma ênfase crítica no estudo da técnica literária das obras como "ponto de partida dialético para uma superação do contraste infecundo entre forma e conteúdo". O crítico, então, afirma ser necessário repensar as "formas ou gêneros literários em função dos fatos técnicos de nossa situação atual", em busca de formas expressivas que representem um ponto de avanço para as energias literárias do presente. E como exemplo de um "ponto de avanço", Benjamin cita o teatro épico que, segundo ele, promove uma efetiva transformação funcional, pois Brecht "foi o primeiro a confrontar o intelectual com a exigência fundamental: não abastecer o aparelho de produção, sem o modificar, na medida do possível, num sentido socialista". Por isso, de acordo com essa perspectiva, ao invés de almejar a produção de "obras-primas", o escritor moderno deve se entregar a uma

---

11. Benjamin, "O Autor como Produtor", 1985, pp. 120-136.

tarefa mais urgente: "chegar à consciência de quão pobre ele é e de quanto precisa ser pobre para poder começar de novo. Por que é disso que se trata"[12]. Assim,

[...] o autor consciente das condições da produção intelectual contemporânea está muito longe de esperar o advento de tais obras [como esperar que se escrevam o *Wilhelm Meister* e o *Grüne Heinrich* de nossa geração], ou de desejá-lo. Seu trabalho não visa nunca a fabricação exclusiva de produtos, mas sempre, ao mesmo tempo, a dos meios de produção. Em outras palavras: seus produtos, lado a lado com seu caráter de obras, devem ter, antes de mais nada, uma função organizadora[13].

Isso porque, argumenta Benjamin, "a melhor tendência é falsa quando não prescreve a atitude que o escritor deve adotar para concretizar essa tendência. E o escritor só pode prescrever essa atitude em seu próprio trabalho: escrevendo". Ou seja, a "função organizadora" da obra exige não só a tendência como também um comportamento orientador, instrutivo, pedagógico por parte do escritor, pois "um escritor que não ensina a outros escritores não ensina a ninguém"[14]. Daí a necessidade de a produção artística assumir um caráter de modelo: ela deve instruir outros produtores, pondo à disposição deles um apare-

---

12. Vale enfatizar que no poema "Aspiração", citado há pouco, Mário de Andrade faz menção direta ao desejo de "dissolver-se nos homens iguais", reconhecendo "toda a doçura da pobreza assim".
13. Benjamin, 1985, p. 131.
14. Além dos trechos citados anteriormente sobre a autoconsciência de Mário de Andrade a respeito do seu papel orientador, convém citar uma passagem da carta V a Drummond que se refere diretamente ao interesse de "ensinar a outros escritores": "mas certamente devido ao cansaço em que você está, seus artigos têm pouca crítica e poucas observações. Não falo pra mim, mas por causa dos outros que carecem de saber. Por isso é que falo. Você compreende, Drummond, nós temos que ser professores". Ao final da carta, Mário retoma a ideia, dessa vez acrescentando que essa necessária pedagogia realiza-se não como teoria, mas na própria prática, na sua produção: "Eu se tenho algum mérito é que em vez de pregar só, fazer idealismo, fazer teoria, tal qual Gonçalves Dias, tal qual Graça Aranha, fazer regionalismo, tal qual Veríssimo ou Lobato, agi prático, não prego faço, pelo muito de brasil que eu tenho dessa merda de Brasil" (*Lição do Amigo*, p. 99 e pp. 43-44).

lho produtivo aprimorado, que será tanto melhor "quanto mais consumidores leve à esfera da produção, ou seja, quanto maior for sua capacidade de transformar em colaboradores os leitores ou espectadores". O teatro épico de Brecht é, para Benjamin, o exemplo mais perfeito desse modelo.

O contraste ilumina as diferenças, mas também chama a atenção para aspectos do esforço empreendido por Mário de Andrade. A insistência do escritor em afirmar que sua obra é transitória, que ele não produz obras, mas ações etc. liga-se à percepção de que sua obra precisaria ser, a seu modo, um "trabalho", pois deveria realizar uma "intervenção", "uma operação exemplar na organização da cultura", que atacasse pontos precisos de nosso "primitivismo cultural". Se em Brecht essa organização visava a superação do *status quo*, a subversão e, ao mesmo tempo, a realização plena das possibilidades técnicas liberadas pelo avanço do capitalismo, a ação de Mário, como sugere Rosenfeld no artigo "Mário de Andrade", publicado em *Letras e Leituras*, corresponderia "em sua função e muitas vezes também em seu conteúdo" à obra de Herder, sendo o Modernismo brasileiro, em certa medida, correspondente a um *Sturm und Drang*[15].

A disparidade histórica é imensa, mas, digamos, esclarecedora. Diante da realidade brasileira que, por um lado, impunha as contradições do mundo moderno e, por outro, a ausência de tradição e "identidade", a obra de Mário de Andrade assume uma "função organizadora" cuja ação tem de ser mais elementar, pois precisa colaborar, primeiro, para o estabelecimento do campo de discussão, para a construção da base sobre a qual seria possível começar a pensar em avanço. É a sociedade dos anos 1920 buscando reinterpretar a história do Brasil e, em certa medida, antevendo a emergência de uma sociedade urbano-industrial cujo centro dinâmico seria deslocado para o mercado interno, bem como as inúmeras e contraditórias combinações de dissolução do mundo patriarcal e reposição de estruturas li-

---

15. Cf. Rosenfeld, 1994, p. 97.

gadas a esse mesmo mundo como momentos constitutivos do progresso e da modernização brasileira que a década seguinte explicitaria, sobretudo a partir do desmonte das promessas e expectativas mobilizadas pela Revolução de 1930.

ESTILIZAÇÃO DA "FALA BRASILEIRA"

Entre as *ações* às quais mais intensamente Mário de Andrade se dedicou, destaca-se sua tentativa intensa e polêmica de estilização da "fala brasileira", à qual dedicou boa parte de sua produção, tanto literária quanto crítica[16], num esforço que se situa, como se sabe, para além do mero interesse nacionalista[17] ou do

16. Há muitas referências a essa dedicação de Mário à sistematização literária da fala brasileira em sua correspondência, referências que, juntas, dão uma ideia da polêmica provocada pelo tema na época. Manuel Bandeira, por exemplo, embora concordasse com a necessidade de atualização da língua literária brasileira, tem inúmeras restrições à sistematização pretendida por Mário, considerada por ele um tanto artificial (cf. Andrade; Bandeira, 2000, cartas 67, 72, 249, 284, entre outras). Em um dos debates travados entre os dois autores sobre o tema, Mário, em carta de 10 de outubro de 1924, a propósito de *Amar, Verbo Intransitivo* e da presença da "língua brasileira" no livro, diz: "Que me importa que o livro seja falho? Meu destino não é ficar. Meu destino é lembrar que existem mais coisas que as vistas e ouvidas por todos. Se conseguir que se escreva brasileiro sem por isso ser caipira, mas sistematizando erros diários de conversação, idiotismos brasileiros e sobretudo psicologia brasileira, já cumpri o meu destino. Que me importa ser louvado em 1985? O que eu quero é viver minha vida e ser louvado por mim nas noites antes de dormir. Daí: Fräulein" (Andrade; Bandeira, 2000, p. 137). A relação que Mário estabelece entre a percepção de sua obra como exemplo (que enfatiza a ação prática da obra e não sua duração) e a valorização de sua realização estética (que aponta para a perenidade), será discutida em detalhes adiante. Além disso, no segundo capítulo deste livro, a questão da "língua brasileira" será retomada para se discutir seu exercício em *Os Contos de Belazarte*.
17. Conceito com que Mário implicava justamente pela facilidade com que é absorvido por tendências fascistas e autoritárias; preferia dizer-se brasileiro. Nos textos que o autor escreveu para o projeto da *Gramatiquinha* encontra-se o seguinte fragmento: "Os escritores nacionais célebres têm às vezes incitado, aconselhado a libertação nossa de Portugal – João Ribeiro, Graça Aranha. Principiam por um erro: opor Brasil e Portugal. Não se trata disso. Se trata de ser brasileiro e não nacionalista. Escrever naturalmente brasileiro sem nenhuma reivindicação nem queixa" (Pinto, 1990, p. 48). Também encontramos referências parecidas em sua correspondência. Em algumas das cartas a Drummond, por exemplo, há trechos

pitoresco das obras regionalistas do Romantismo, do Naturalismo e mesmo de alguns modernistas. A rigor, ela encerra um projeto abrangente ligado, como afirma Anatol Rosenfeld, no ensaio "Mário e o Cabotinismo", à "descoberta da *própria* identidade através da procura da identidade nacional". Por isso, na medida em que o projeto recobre uma busca e uma reflexão sobre os rumos e possibilidades de uma identidade nacional, cuja configuração possui uma dimensão ao mesmo tempo coletiva e individual, a língua pretendida pelo escritor se configuraria como uma síntese entre o português falado e escrito que, segundo Rosenfeld, "deveria condensar e, por assim dizer, antecipar, num amplexo carinhoso, a multiplicidade nacional encarnada na futura unidade de um novo espírito coletivo autóctone"[18]. Novamente, a empreitada é enorme e o sucesso, relativo e incerto.

A esse respeito, no "Postfácio" que Mário escreveu para a *Gramatiquinha da Fala Brasileira*, encontra-se um trecho em que o escritor sintetiza a intenção do projeto:

[...] o importante não é aliás a vaidadinha de ter língua diferente, o importante é se adaptar, ser lógico com sua terra e seu povo. Falam que pra que tenha literatura diferente carece que tenha língua diferente...

---

em que Mário se refere a essa distinção; na carta VII lê-se: "Quanto à nacionalidade, Carlos, fique sossegado. Sou o minimamente nacionalista que é possível a gente ser nesse mundo. Me contento em ser brasileiro que é coisa muito mais importante pra mim que ser nacionalista"; e na carta I: "Eu não amo o Brasil espiritualmente mais que a França ou a Conchinchina. Mas é no Brasil que me acontece viver e agora só no Brasil eu penso e por ele tudo sacrifiquei. A língua que escrevo, as ilusões que prezo, os modernismos que faço são pro Brasil" (Andrade, 1988, p. 52; p. 23). Mas Mário não ficou infenso aos movimentos que moldavam o tempo. No prefácio de *Belazarte*, o escritor afirma: "A significação básica, destinada, primária e interessada das minhas obras é a procura do racial. Minha obra não é nacionalizante, é racializante. Obedeço às coordenações geográficas da vida e desprezo as vaidades políticas e imperialistas da inteligência. Materialismo, não. Realismo". Não se trata de uma ênfase que tenha prosperado em sua obra e não é por acaso que apareça num texto que o autor preferiu não publicar. De qualquer forma, a ideia de "raça" dá mais uma mostra da mistura gigantesca que Mário tentava organizar e à qual tentava dar alguma coerência. Não foi possível; o que não diminui o esforço extremo que o escritor lhe dedicou.
18. Rosenfeld, 1996, p. 187.

É uma semiverdade. Pra que tenha literatura diferente só preciso que ela seja lógica e concordante com terra e povo diferente. O resto sim é literatura importada com certas variantes fatais. É literatura morta ou pelo menos indiferente pro povo que ela pretende representar[19].

A exigência de a língua pretendida pelo escritor (criação "estilizada e artificial") e, consequentemente, de a literatura serem "lógicas e concordantes" com a terra e o povo que pretendem representar, seria, nas palavras de Anatol Rosenfeld, "sintoma e parte de uma crise" que, ao ser encarada pelo escritor, permitiu certa libertação do complexo de inferioridade, ligado à herança de país colonizado, abrindo espaço para que futuros escritores pudessem, então, "verdadeiramente, e com afeto, inspirarem-se nos valores europeus e lusos"[20].

Ainda que os efeitos práticos da *Gramatiquinha* quase se restrinjam, atualmente, à compreensão histórica dos embates culturais e literários da época, os esforços do escritor não foram, certamente, em vão. Como enfatizado por Rosenfeld, o esforço de sistematização da fala brasileira se ligava ao interesse de colaborar para o que Mário de Andrade chamava de "desprimitivização" do Brasil, ou seja, para a acentuação e prolongamento de uma tradição interna que garantisse a constituição de uma identidade, permitindo alçar as obras brasileiras à condição de participantes ativas da civilização. Tal anseio é um dos aspectos fundamentais do projeto do escritor, sendo encontrado em sua correspondência[21], em textos teóricos, como, por exemplo,

---

19. Pinto, 1990, pp. 422-423.
20. Rosenfeld, 1996, p. 192.
21. Cf. Carta II a Drummond: "*é preciso desprimitivizar o país, acentuar a tradição, prolongá-la, engrandecê-*la.[...] É preciso começar esse trabalho de abrasileiramento do Brasil [...] E agora reflita bem no que eu cantei no final do 'Noturno' e você compreenderá a grandeza desse nacionalismo universalista que eu prego. De que maneira nós podemos concorrer para a grandeza da humanidade? É sendo franceses ou alemães? Não, porque isso já está na civilização. O nosso contingente tem de ser brasileiro. O dia em que formos inteiramente brasileiros e só brasileiros a humanidade estará mais rica de mais uma raça, rica de uma nova combinação de qualidades humanas" (Andrade, 1988, p. 30).

o *Ensaio sobre a Música Brasileira* ou nos fragmentos que ele deixou do projeto da *Gramatiquinha*, além de estar problematizado literariamente em *Macunaíma*, nas desventuras do "herói sem nenhum caráter". Ou seja, como é comum na produção de Mário de Andrade, a "luta com a língua" (na expressão de Rosenfeld) não era apenas teórica, mas também prática; o escritor não a apresentava apenas como proposta ou convite, mas buscava realizá-la em todas as dimensões de sua própria escrita, da literatura aos textos teóricos, com as conquistas e percalços conhecidos.

O esforço prático de Mário lhe era tão caro que várias vezes criticou o comportamento de escritores e intelectuais que mantinham suas reivindicações e propostas num âmbito meramente teórico e exterior à própria produção literária. No "Prefácio" à *Gramatiquinha*, ele afirma:

[...] outros deveriam escrever este livro, não tem dúvida, porém o certo é que ninguém se abalançou a escrevê-lo. Inda mais: temos livros valiosos como *A Língua Nacional* de J. Ribeiro, *O Dialeto Caipira* de Amadeu Amaral, que são verdadeiros convites para se falar brasileiramente. Porém os autores como idealistas que são e não práticos, convidam, convidam porém principiam não fazendo o que convidam. Não tiveram coragem[22].

E, na sequência, mais uma vez, reafirma a "vocação sacrificial" de sua obra, enfatizando não apenas seu "valor funcional na literatura brasileira", como também o fato de ela se pretender um exemplo prático:

Eu tive a coragem e é o que explica o meu valor funcional na literatura brasileira moderna. Não me iludo absolutamente a respeito do valor das minhas obras. Sei que, como arte, elas valem quasi nada, porém são todas exemplos corajosos e imediatamente práticos do que os outros devem fazer ou... não devem fazer. Erros e verdades. Fui obri-

---

22. Pinto, 1990, p. 313.

gado a me meter num despropósito de assuntos e por isso a ficar na epiderme de todos eles. [...] Não fiz mais que vulgarizar. Não fiz mais que convidar os outros ao estudo verdadeiro dessas criações humanas. Porém convidei praticamente, com o meu exemplo e o sacrifício das minhas vaidades de escritor [...] Porque não sou sujeito que se iluda e seria no mínimo ilusório considerar minha obra como manifestação duma arte, quando ela não passa da manifestação duma vida[23].

Ao primitivismo que o autor identificava como ainda reinante na cultura brasileira, ele contrapõe a obrigação pessoal de "se meter num despropósito de assuntos". Anatol Rosenfeld, dessa vez no artigo "Mário de Andrade", diz que o escritor paulista "parece estar em alto grau consciente de seu papel e por vezes tem-se a impressão de que o assume por dever e amor a seu povo, enquanto ansiava no mais íntimo de seu ser pelo jogo puramente estético"[24]. Ou seja, a ideia de sacrifício divide-se em duas frentes: enfatiza a participação de Mário nos debates da época e sua consciência do extremo "primitivismo" de nosso desenvolvimento cultural e, ao mesmo tempo, pressupõe certa ideia de belo que estaria sendo sacrificada em nome do combate do momento. Em outras palavras, Mário de Andrade tende a considerar que o "jogo puramente estético" só se justificaria quando o primitivismo fosse superado.

Vale frisar ainda que, no trecho citado, o autor da *Gramatiquinha* faz referência à notória variedade de linguagens que sua obra recobriu: foi poeta, romancista, contista, cronista, musicólogo, folclorista, crítico de arte, linguista, professor, jornalista; situação que, somada à sua vasta correspondência, vem reforçar a percepção de um escritor que, consciente e programaticamente, procurou situar-se como "um convite e um exemplo", preocupado em ser "útil"[25]. Seja como for, justifica considerar tamanho esforço como uma grande "manifestação duma vida".

---

23. *Idem*, pp. 313-314.
24. Rosenfeld, 1994, p. 113.
25. Andrade, 1988, carta XXV, p. 99.

Reconhecendo o papel orientador assumido por Mário de Andrade, que tem em sua correspondência uma de suas maiores e mais evidentes realizações, Anatol Rosenfeld afirma que

[...] mesmo em seus passos iniciais como individualista radical, Mário via sua atuação como parte do contexto maior da nação. Seu Eros pedagógico, em impulso e inibição, sempre foi extraordinariamente forte. Em milhares de cartas que escrevia a poetas de todas as partes do Brasil [...] e nas quais ensinava a seriedade do ofício literário e o *ethos* da consciência profissional, exerceu uma influência incomensurável. Toda uma geração foi educada pela pujança singular e substancial de sua personalidade[26].

No prefácio a *Cartas a um Jovem Escritor*, Fernando Sabino, lamentando a consagração parcial da obra de Mário de Andrade, afirma: "a impressão que tenho é de que as novas gerações talvez já ouviram falar em *Macunaíma*, mas não sabem da importância de seu autor na história da cultura brasileira". E completa:

[...] a sua presença na vida cultural do Brasil era a de um gigante, de corpo e alma, através de sua obra e da influência pessoal. Basta lembrar suas cartas a Manuel Bandeira, Carlos Drummond de Andrade, Prudente de Moraes, neto, Rodrigo M. F. de Andrade, Pedro Nava, Rachel de Queiroz, Portinari, Lúcio Rangel, Moacir Werneck de Castro, Murilo Miranda, Carlos Lacerda, para mencionar apenas uns poucos amigos. E os de Minas: Henriqueta Lisboa, Alphonsus de Guimaraens Filho, Hélio Pellegrino, Otto Lara Resende, Paulo Mendes Campos, Etienne Filho, Murilo Rubião e tantos outros[27].

Já Carlos Drummond de Andrade, na apresentação de *Lição do Amigo*, recorda que o vínculo afetivo que se estabeleceu entre ele e Mário por meio da troca de cartas "marcaria em profundidade" a sua vida, constituindo "o mais constante, generoso e fe-

---

26. Rosenfeld, 1994, p. 113.
27. Andrade, 1993, p. 10.

cundo estímulo à atividade literária" por ele recebido. E afirma: "compreende-se, pois, o que tais papéis representam para mim: são parte integrante e vibrante da minha vida"[28].

Em síntese, Mário de Andrade não apenas se correspondeu com parte significativa dos escritores, poetas e intelectuais de seu tempo, influindo nos debates da época, como produziu uma obra múltipla e diversificada, que se expandiu sobre diversos gêneros literários e domínios culturais, estabelecendo-se, assim, como uma presença obrigatória em seu tempo. Mas essa condição especial e destacada do escritor acabou por repercutir de modo ambivalente na recepção e apreciação crítica de suas obras. Diante da dimensão da ação do escritor – que é fonte de grande parte de seu reconhecimento – a crítica tendeu a mimetizar a oscilação do próprio autor entre definir se sua obra valeria em si mesma (como realização estética plena e autônoma) ou se seu valor residiria no papel desempenhado no cenário cultural, artístico e literário brasileiro. A recepção de *Pauliceia Desvairada*, por exemplo, oscila entre considerações a respeito de sua realização poética propriamente dita e considerações sobre sua importância histórica, como obra modelar que teria aberto definitivamente caminhos para o Modernismo na poesia brasileira.

Isso porque, como não é incomum na crítica literária brasileira, a quantidade e a variedade de textos deixados pelo autor acabou condicionando muitas interpretações, que tenderam a aceitar esses comentários (especialmente os que dizem respeito ao "sacrifício estético" de sua obra em nome do combate) sem lhes impor a necessária mediação do olhar analítico[29]. Vistos com a devida

---

28. Andrade, 1998, pp. 9-10.
29. Esse comportamento, digamos, acomodado da crítica de apenas reproduzir o que o autor já havia dito ou de permanecer na superfície dos problemas colocados pela obra aborrecia profundamente a Mário de Andrade, levando-o, inclusive, a escrever e desistir de publicar prefácios para *Macunaíma, Amar, Verbo Intransitivo* e *Os Contos de Belazarte* que teriam a intenção de colaborar para a recepção das obras, evitando perdas de tempo inúteis em discussões que o autor considerava superficiais. Como referência, ver Carta XXVII a Drummond, datada de 20 de novembro de 1927, na qual Mário, em tom irritado e irônico, discute algumas das primeiras recepções de *Amar* (Andrade, 1988, p. 105).

atenção, vários desses comentários não refletiam propriamente as opiniões do autor, mas eram, também, formas de provocação, modos de questionar a recepção de suas obras, bem como seu lugar como autor consagrado etc. Assim, muitos de seus posicionamentos e opiniões, como disse Manuel Bandeira, "decorriam frequentemente não de convicção, mas de pragmatismo ocasional". Bandeira dá alguns exemplos que são bem ilustrativos:

> Houve ocasião em que deu para atacar Beethoven, que era compositor muito de sua admiração, só porque no momento convinha combater a mania de Beethoven. Também combateu a Europa, e explicou-me: "não porquê deixe de reconhecê-la ou admirá-la mas pra destruir o europeísmo do brasileiro educado". E acrescentava satisfeito: "Sou o maior chicanista da literatura brasileira". Estas cartas, escritas em toda a pureza de coração, ensinarão a ler a obra de Mário com as necessárias cautelas[30].

Na sequência do trecho citado por Bandeira, Mário de Andrade complementa:

> Melhor meio de corroer: blague fundada sobre uma leve verdade, enunciada com força e alegria. Corroer. Sou o maior chicanista da literatura brasileira. Mas juro que só chicaneio pra benefício dos outros. Pra mim não quero nada, sou felicíssimo, não careço de nada[31].

Esse comportamento de Mário de Andrade configura um conhecido e importante aspecto de sua produção, a saber, o cabotinismo, que aparece como dimensão necessária não só da ação e da polêmica, como, principalmente, da própria construção da "sinceridade artística", e cuja análise é desenvolvida por Anatol Rosenfeld no já citado artigo "Mário e o Cabotinismo". Para citar ainda outros exemplos dessa discussão presentes na produção do escritor, vale lembrar "Do cabotinismo", de *Em-*

---

30. Andrade; Bandeira, 2000, p. 682.
31. *Idem*, p. 222 (carta de 26.07.1935).

palhador de Passarinho, em que discute aberta e diretamente a questão, além de várias discussões que encontramos em sua correspondência (ver carta de 29 de dezembro de 1924 a Manuel Bandeira, em que Mário de Andrade discutirá com o poeta de *Libertinagem* sua compreensão da especificidade da sinceridade artística), bem como a defesa da sinceridade desenvolvida em *A Escrava que não é Isaura*, entre outros.

Para Drummond, essas ações apontariam para as "contradições ou diversidades de direções em que se movia dialeticamente seu espírito, de absoluta integridade mas sempre seduzido pela tentação de penetrar no avesso das questões já destrinchadas pelo direito"[32].

Por isso, ao que tudo indica, a "classificação" dicotômica (ação × arte) é inadequada para compreender a obra do escritor. Isso porque, para Mário de Andrade, a relação realização estética – ação prática/combate não aparece realizada de forma dicotômica, ainda que o escritor não escape, em seus comentários, de certa dicotomia. Na prática, encontra-se certa dialética (ainda que fraturada), de tal forma que suas produções parecem ser "obras-primas" que eram "obras de combate" e obras circunstanciais de combate (cartas, artigos, textos críticos) que possuíam, também, preocupação estética. O que se pretende sublinhar é que, apesar das diferenças de ênfase e realização, essa dialética permeia toda sua produção, configurando-se como um aspecto decisivo para a apreciação crítica de sua obra.

Vale a pena frisar ainda que, dada a ênfase prática de sua produção, a reflexão teórica de Mário de Andrade, a despeito de ser intensa e importante, não segue uma linha unívoca de desenvolvimento, de forma a manter uma coerência estrita, desde os primeiros textos dos anos 1920 até os textos finais, escritos nos anos 1940 (fato para o qual, aliás, Manuel Bandeira chama a atenção). Por isso mesmo, a discussão que será feita a seguir não pretende suge-

---

32. Andrade, 1988, p. 11. Nessa mesma direção, há um pequeno texto, citado por Anatol Rosenfeld no artigo "Mário de Andrade", em que Mário diz "A estranha existência que levo, dedico inteiramente à busca. Queira Deus que eu nunca encontre..." (Rosenfeld, 1994, p. 107).

rir a existência dessa coerência. Ao contrário, o que se pretende é destacar algumas passagens de diferentes momentos da reflexão de Mário com o propósito de chamar a atenção para a percepção dialética a que aludimos e sugerir sua pertinência e consistência em meio à vasta, diversificada e múltipla reflexão teórica do autor.

UMA AÇÃO DIALÉTICA

Em um dos diálogos mantidos por carta entre Bandeira e Mário durante os anos 1920, há uma passagem interessante. Manuel Bandeira, em carta datada de 6 de novembro de 1927, revela-se "um pouco decepcionado" com alguns comentários que Mário de Andrade havia feito em carta anterior a respeito da presença de símbolos em *Macunaíma*: "Não fale disso a ninguém. Macunaíma é gostosíssimo como Macunaíma. Agora se é símbolo de brasileiro, se a cabeça é tradição etc. etc., isso me amola"[33]. Ao que Mário respondeu:

> Eu me ri um pouco do seu "não conte que Macunaíma é um símbolo" porque afinal das contas você sabe que é moda não gostar dos símbolos etc., os símbolos enquizilam etc., e isso ia prejudicar o apreço à obra. Homem, Manu, franqueza: dou tão pouca importância hoje pra essas coisas de época que de fato pretendo empregar o símbolo mas com todos os éfes e erres simbólicos num livro muito futuro que se chama *Vento*. Por enquanto se chama *Vento*. Agora não pense também não que isso é valentia de forçudo que quer mostrar quanto podem os... Te juro que não é isso. É simplesmente muita serenidade e muita altitude sobre o tempo. Altitude quer dizer aqui contemplação. O meu espírito contemplativo já não se sujeita mais às injunções do tempo. Desque tenha uma necessidade essencial humana não é possível que nenhum elemento de caráter artístico legítimo seja precário e temporário[34].

---

33. Andrade; Bandeira, 2000, p. 361.
34. *Idem*, p. 362.

Do ponto de vista de Mário de Andrade, a "necessidade essencial humana" conferiria a qualquer "caráter artístico legítimo" sua validade estética e sua perenidade, situando-o além do mero "precário e temporário". Permanece a apreciação da produção artística como "ação", como algo "útil", pois é uma resposta a uma "necessidade essencial" e é fruto dela. Mas, nesse caso, ao invés de enfatizar o transitório, o circunstancial, o sacrifício da obra, a "ação" se projeta para além dos debates menores do tempo, das modas passageiras, atingindo uma realização maior que garante sua duração, sem perder, no entanto, seu papel de exemplo, de coisa que enquizila, perturba, "malestariza", provoca, que age corroendo certezas e preconceitos.

Em *O Banquete* – livro organizado por Gilda de Mello e Souza a partir de textos publicados no jornal *Folha da Manhã* entre 1943 e 1945 (às vésperas da morte de Mário de Andrade, portanto) – encontramos outras referências importantes, desta vez ligadas ao momento final da reflexão madura do escritor. No final do capítulo I, o narrador, comentando o comportamento da personagem Siomara Ponga[35], afirma: "Jamais se propusera com lealdade que arte não quer dizer fazer bem feito, mas fazer melhor. O fazer bem e certinho lhe sossegava uma consciência fácil, o conformismo domesticado, a subserviência às classes dominantes"[36]. A oposição entre "fazer bem feito" e "fazer melhor" pressupõe uma concepção na qual realização estética e ação prática estão imbricadas. "Fazer bem feito", preocupar-se apenas com o acabamento impecável da forma, implica desconsiderar que "toda arte é social porque toda obra de arte é um fenômeno de relação entre seres humanos", como define no ca-

35. Siomara Ponga era uma virtuose que não fora capaz de fazer com que a cultura que ela efetivamente tinha a levasse "a esse processo de superação da vaidade, de dignificação da vaidade, que a fecunda, e a transforma num orgulho mais útil". Torna-se, por isso, "escrava desse público banal de recitais caros, que tanto aplaude um Brailovsqui como um cavalo de corrida", "desse público detrital que bóia no enxurro das semiculturas". Por isso, o narrador diz que Siomara acaba por "desvirtuar a sua sublime predestinação" entregando-se por completo ao "academismo" da virtuosidade, que transforma a arte numa "indústria reles" (Andrade, 1989, pp. 50-52).
36. Andrade, 1989, p. 53.

pítulo seguinte a personagem Janjão[37]. Sendo social, traz sempre a exigência de responder a uma "necessidade" que, desse ponto de vista, não pode ser desprezada, a custo de tornar a expressão artística um "conformismo domesticado", inerte e subserviente às classes dominantes. Por isso, como aparece num diálogo entre as personagens Janjão e Pastor Fido no capítulo 11 de *O Banquete*, as "técnicas do inacabado" seriam uma imposição, uma exigência estética, de forma que a produção artística se realizaria como "arte malsã".

[...] E assim como existem artes mais propícias para o combate [cita o teatro e o desenho], há técnicas que pela própria insatisfação do inacabado, maltratam, excitam o espectador e o põem de pé. [...] Toda obra de circunstância, principalmente a de combate, não só permite mas exige as técnicas mais violentas e dinâmicas do inacabado. O acabado é dogmático e impositivo. O inacabado é convidativo e insinuante. É dinâmico, enfim. Arma o nosso braço[38].

– Ter uma teoria... ter mesmo uma personalidade e saber ultrapassar tudo isso! esta ânsia esfomeada de superação...
– Mas então procura ao menos se superar fazendo arte pra esse povo que você também exige.
– Não procuro, não tento. Eu procuro é envenenar, solapar, destruir, porque acho, mais pressinto que acho, que o princípio mesmo da arte deste nosso tempo é o princípio de revolução [...] É certo que o humano, o utilitariamente humano, é o que eu pretendo. Não o "humano" acomodativo dos artistas que tudo convertem a valores gerais, os "valores eternos", mas o combativo e transitório. Mesmo o transitório, mesmo a arte de circunstância, morta cinco anos depois. Que valor mais terá esse "Esquerzo Antifachista", depois que Mussolini virou pó de traque? Nenhum. Nem me interessa que tenha mais algum. Agora o que me interessa é isso: envenenar, angustiar, solapar [...][39].

37. *Idem*, p. 61.
38. *Idem, ibidem*.
39. *Idem*, p. 68. Na carta xxv a Drummond, datada de 23 de novembro de 1926, encontra-se uma passagem que quase reproduz essas ideias de Janjão cerca de vinte anos

A "ânsia esfomeada de superação" e o "princípio de revolução" relacionam-se intrinsecamente com o trabalho do "fazer melhor". Isso porque o desejo de "pôr o espectador de pé", "armar o braço", "malestarizar a vida ambiente", de forma a "entusiasmar os mais novos" e conduzi-los a uma "ação direta", mais do que uma opção simples pelo combate momentâneo, pela arte de tipo panfletária, aparece nos trechos citados como uma exigência estética. A arte que efetivamente responde a uma "necessidade essencial humana", a "grande" realização estética no mundo moderno, seria, necessariamente, inacabada, malsã e, por isso, dinâmica, ativa, insinuante, transformadora (neste ponto, como se sabe, Mário está em linha com boa parte das reflexões sobre a arte moderna desde finais do século xix). Não pode, portanto, aspirar à grandeza da realização perfeita, monumental, que se dirige ao universal humano e expressa "valores eternos", pois com isso mentiria à matéria histórica que confronta. Por isso, a arte deveria voltar-se ao "utilitariamente humano", ao "menor", ao "transitório", ao "inacabado", pois só assim estaria à altura de expressar os grandes desafios do tempo[40].

Como também fica claro, o movimento de voltar-se para o transitório situa-se muito longe de um interesse documentário, cuja intenção e validade se esgotassem na mera descrição externa de fatos e imagens da época em que a obra foi produzida. Essa percepção, inclusive, já se encontrava no "Prefácio Interessantíssimo", no qual o escritor manifestava a intenção de produzir uma "arte moderna", cuja modernidade não repousasse apenas na descrição do mundo:

antes dos textos de *O Banquete* serem escritos, mas contemporânea ao prefácio a *Belazarte* citado no início deste capítulo: "O que quero provar é que tenho sido um convite e um exemplo e que esse papel é humano e do humano mais divino que se pode ter neste mundo. Isso é servir. Isso é o apelo de humanidade de que falo, e nunca Deus me livre! ser aplaudido pelas massas" (Andrade, 1988, p. 99).

40. Para voltar a Manuel Bandeira, vale lembrar que um traço decisivo de sua poética é justamente o apego ao menor, ao contingente, traço que o levou a se definir várias vezes como "poeta menor", preso às "insignificâncias da vida" e incapaz de cantar os "grandes" temas de seu tempo, com todos os problemas e nuances que isso exigiria discutir.

Escrever arte moderna não significa jamais
para mim representar a vida atual no que tem
de exterior: automóveis, cinema, asfalto. Si
estas palavras freqüentam-me no livro não é porque pense com
elas escrever moderno, mas
porque sendo meu livro moderno, elas têm nele
sua razão de ser[41].

Essas conclusões, como se sabe, estão longe de serem exclusivas de Mário de Andrade. No entanto, nas obras do escritor, a dialética almejada permanece sem síntese, as contradições postas em movimento parecem inconciliáveis, os embates, não organizáveis e, por isso, permanecem oscilando entre os seus polos sem poder se consumar, tal como será discutido na análise de *Os Contos de Belazarte*.

A obra de Mário de Andrade, quando comparada à de alguns grandes nomes da literatura europeia da época, é, em certo sentido, "menor", assim como é "menor" a realidade que ela confrontava. Mas, ao mesmo tempo, é desse mergulho no menor, no encruado, no não-declarado, próprios da experiência brasileira (e tematizados por nossos grandes escritores desde Machado de Assis), que se constroem tanto a grandeza quanto as limitações da produção mariodeandradina[42].

Uma obra colossal que se dedicou a colaborar para a construção de uma realidade de tamanho tão limitado e reduzido. Daí também a permanente sensação de desproporção provocada por sua produção que sempre parece tão grande e tão "desen-

---

41. Andrade, 1976, p. 35.
42. No capítulo III, na análise da matéria histórica que fundamenta *Os Contos de Belazarte*, uma certa dimensão do "encruado" próprio da experiência brasileira a que se faz referência aqui ficará mais especificada na discussão sobre a conjugação de temporalidades históricas distintas – e a princípio excludentes (a colônia, o campesinato e a produção industrial capitalista) –, realizada no processo de modernização de São Paulo, e que é fonte de certos arranjos e explorações próprias do movimento da modernização conservadora brasileira tal como se apresentava nos anos 20 do século passado.

gonçada", forçada a se comprimir num espaço estreito. Manuel Bandeira certa vez disse a Mário que ele deveria

[...] aceitar o seu destino de grande poeta brasileiro que é sempre um sujeito meio desengonçado, como esses meninões que cresceram depressa e andam com roupas fora de jeito, a gente pode se rir mas acaba com inveja da saúde deles. Veja Castro Alves, veja Fagundes Varela: "Nada/ Matutarás mais desmedido, Mário/ Do que esta pátria tão despatriada!". A sua obra vai ser como as de Fagundes Varela e Castro Alves uma coisa grandalhona de que a gente não pode gostar em bloco, mas tem de aceitar em bloco[43].

Não se trata de dizer, portanto, que não há desníveis ou obras pouco relevantes, mas que, alterando-se o critério de julgamento (da obra individual perfeitamente realizada em si mesma à consideração de sua função exemplar ou organizadora), a distinção entre "obra circunstancial" e "obra-prima" muda de ênfase e exige outra abordagem, que permite reconsiderar criticamente o lugar e importância das chamadas "obras menores", entre as quais se costuma incluir *Os Contos de Belazarte*.

43. Andrade; Bandeira, 2000, p. 237.

2

Uma "Obra Menor"

REPRESENTAÇÕES DE SÃO PAULO: MÁRIO DE
ANDRADE LEITOR DE ALCÂNTARA MACHADO

Enquanto parte dos escritores dos anos 1920 se dedicava a construir representações que visavam exaltar aspectos da sociabilidade e do modo de ser da sociedade brasileira (como o "mito da alegria" de Graça Aranha), ou propor alguma forma de síntese mítica entre passado e presente, entre a colônia e a sociedade urbano-industrial que ganhava impulso na época, ou mais, entre estruturas arcaicas pré-modernas e potencial revolucionário "pós-burguês", alguns autores tomaram caminhos diferentes e, em meio a certa euforia nos potenciais transformadores do progresso, optaram por olhar o processo criticamente. Escolheram como foco aspectos da vida urbana que, a princípio, pareciam para muitos como sinais de um atraso que, em algum momento, seriam inexorável e definitivamente superados pelo movimento da modernização.

Os bairros pobres, habitados por imigrantes recentes e por ex-escravos, cuja cotidianidade e banalidade pareciam tão distantes das grandes questões da época, seduziram um jovem escritor paulista, que encontrou neles o espaço privilegiado para o desenvolvimento de suas narrativas. António de Alcântara Machado aparecia, então, no cenário artístico dos anos 1920, como uma voz singular, particularmente provocadora, que enveredava pelos caminhos da ficção, buscando novas estruturas narrativas, novas formas de linguagem e construção, num momento em que o esforço experimental do Modernismo ainda se concentrava, sobretudo, na poesia.

Aliás, a proximidade do assunto entre *Os Contos de Belazarte* e as narrativas de António de Alcântara Machado não é fortuita. Na verdade, Mário de Andrade não apenas reconhecia o diálogo forte que há entre *Belazarte* e os contos do escritor de *Laranja da China*, como dedicou o livro a ele.

No conhecido "Artigo de Fundo" que abre *Brás, Bexiga e Barra Funda*, Alcântara Machado (assinando como "A redação") afirma: "este livro não nasceu livro: nasceu jornal. Estes contos não nasceram contos: nasceram notícias. E este prefácio portanto também não nasceu prefácio: nasceu artigo de fundo"[1]. Apesar de não se poder simplesmente aceitar de forma direta a definição acima, sem lhe impor a necessária mediação crítica, o texto enfatiza uma tensão constitutiva da obra de Alcântara Machado: certa indecisão entre ser livro e ser jornal, ser literatura e ser notícia, ser conto e ser crônica.

A este respeito, Peregrino Jr., no texto em que apresenta a entrevista que o autor de *Laranja da China* lhe concedeu em 1927, afirma:

[...] o Sr. Alcântara Machado é um singular temperamento de escritor. Com uma sensibilidade pura, com um agudo espírito de observação, anda pela vida com uns olhos grandes de "Kodak", fixando com exatidão as coisas que encontra em seu caminho. Não deforma. Nem

---

1. Alcântara Machado, 1999, p. 19.

enfeita. Fixa as pessoas e as coisas como elas são. [...] Escreve sem literatura. Sem a preocupação besta de falar difícil, de fazer teses e explicar fenômenos sociológicos. *Brás, Bexiga e Barra Funda* é apenas isto: a vida. Bem simplesmente. Tal qual. Sem enfeites. Sem disfarces. Sem comentários. Por isso é um livro sério. E belo[2].

O texto não apenas sintetiza uma das apreciações mais recorrentes a respeito de Alcântara Machado como estabelece alguns dos principais procedimentos de sua obra: a observação e incorporação das relações cotidianas, de forma a construir um texto sem rodeios, enfeites, disfarces ou sentimentalismo, e cuja realização possa ser "encontradiça na vida", dando visibilidade a personagens que a dinâmica social mantinha obscurecidas, apesar de já plenamente integradas à lógica de exploração e dominação do capitalismo brasileiro do início do século XX. E mais: Peregrino Jr. defende que, por tais características, o livro, além de sério, é belo, ou seja, para além do interesse circunstancial, apresentaria autonomia e qualidade estéticas.

Tais procedimentos, como afirmado anteriormente, faziam parte de um trabalho experimental que colocava Alcântara Machado na vanguarda da ficção brasileira nos anos 1920. A esse respeito, para compreender as questões que norteavam as preocupações do escritor na época, suas reflexões sobre o teatro (publicadas em jornal durante os anos 1920) oferecem outros importantes elementos. Em texto publicado em 1924, lê-se:

Abrasileiremos o teatro brasileiro. Melhor: apaulistanizêmo-lo. Fixemos no palco o instante radioso de febre e de esforço que vivemos. As personagens e os enredos são encontradiços, nesta terra de São Paulo, como os Ford, nas ruas de todos os bairros, procurando passageiros, quer dizer, autores... [...] É toma-lo! É toma-lo! Não vê? Ali, ao longo do muro da fábrica. O casal de italianinhos. Ele se despede, agora. Logo mais vem buscá-la. Um belo dia mata-a. Traga este drama de todos os dias para a

---

2. Peregrino Jr., "Entrevista de António de Alcântara Machado a Peregrino Jr.", em Barbosa, 2001, p. 6.

cena. Traga para o palco a luta do operário, a desgraça do operário, traga a oficina inteira. Pronto, ali vai outro. É um cavalheiro gordo, de gestos duros e gravata vermelha. Ontem engraxate; hoje industrial. A escalada deste homem é o mais empolgante dos enredos teatrais. Dê passagem a mais este que ali vem. É um grileiro. Resume toda a epopeia da terra roxa. [...] Anhanguera moderno, mais inteligente, mais feliz. Atenção: mais um. Sim, mais um que passa. Nasceu na Itália. Três anos de idade: São Paulo. Dez anos: vendedor de jornais. Vinte anos: bicheiro. Trinta anos: chefe político, juiz de paz, candidato a vereador. [...] Argumentos nacionalíssimos[3].

Nessa sugestão para o "abrasileiramento do teatro brasileiro", o escritor estava bem próximo de sua ficção literária. Tão próximo que o trecho "Ali, ao longo do muro da fábrica. O casal de italianinhos. Ele se despede, agora. Logo mais vem buscá-la. Um belo dia mata-a" é, basicamente, o resumo do enredo do conto "Amor e Sangue" de *Brás, Bexiga e Barra Funda*. Assim, além de uma sugestão e de uma defesa de posicionamentos teóricos, ideológicos ou técnicos, o texto revela procedimentos que orientavam a prática do escritor.

Em sua tese de doutoramento, o crítico e diretor teatral Sérgio de Carvalho, comentando esse mesmo texto de Alcântara Machado, afirma: "o drama de todos os dias, a ser mostrado em cena, deveria se dar em escala de epopeia, compondo um painel de heróis moralmente ambíguos, formalização ampla no tempo e espaço, feita de episódios em que predomina o exame da ação e não do caráter individual"[4]. Em outro momento do mesmo texto, comentando a forma da crítica teatral do escritor, Sérgio de Carvalho nota que

[...] as soluções provisórias de Alcântara Machado em prol da objetividade quotidiana aparecem na "exposição do processo" e na dureza enunciativa de suas posições, sem espaço para enternecimentos – pro-

3. "O que eu disse a um comediógrafo nacional" em *Novíssima*, n. 08, ano 1, São Paulo, novembro/dezembro de 1924. Republicado em *Cavaquinho e Saxofone*. Rio de Janeiro, José Olympio, 1940, p. 434, *apud* Carvalho, 2002, p. 85.
4. Carvalho, 2002, p. 86.

cesso que Mário de Andrade detectou em seus contos –, como que marcando uma ética narrativa não isenta de ironia. [...] Sua procura de uma escrita "dinamite, etilo hoje", ou numa definição melhor, de um estilo "incisivo, debochativo e seco", verificado por Sérgio Buarque nos textos de ficção, era garantia de que ele próprio não escaparia do distanciamento imposto ao leitor[5].

Em texto publicado pouco após a morte do autor de *Pathé--Baby*, Mário de Andrade afirma que

[...] tinha no António um que oitocentista de idolatria da verdade, que o tornava sempre um bocado aquém do amor. Pagava o crime de ser clarividente em excesso. De resto, ainda não será sempre o amor que nos levará ao prazer de nós mesmos?... António de Alcântara Machado ficara inflexível, frio, assentado numa ara convertida em posto-de-observação. Os homens como rebanho não tiveram jamais o seu beneplácito. Como indivíduos, como tipos, eram uma tal fonte de estudos, que ele se esquecia frequentemente de amá-los. E quando, por demais miseráveis ou mesquinhos, lhe tocavam o coração e chegava o instante do amor, como se fosse pra eles não perderem o valor da caracterização que tinham, ele não amava ainda: trocava o amor por uma caridade. Tinha dó, tinha perdão, tinha paciência, sofria com eles. Porém não se permitia jamais aquele enceguecimento em que o amor é capaz dos lindos gestos. Não seria jamais herói nem santo. Por timidez? Não, por clarividência[6].

Essa "clarividência" que o autor de *Belazarte* identificava no amigo liga-se ao interesse de Alcântara Machado de buscar as bases para a construção de "certo realismo capaz de dar forma não falsificada às ações (e inações) dos homens desta sociedade", bem como de um "modo crítico de lidar com a rarefação do objeto social"[7]. O escritor se volta à vida em São Paulo, ou mais especificamente, à vida nos bairros pobres de São Paulo, uma "matéria

---

5. *Idem*, p. 24.
6. Mário de Andrade, "O Túmulo na Neblina", em Barbosa, 2001, p. 60.
7. Carvalho, 2002, p. 84.

social em que as vidas humanas se mostram coisificadas, os sujeitos ainda estreitados em seus campos de autonomia, os seres forjados no mundo mercantil da 'obscuridade do trabalho'"[8].

Assim, numa sociedade "em que a burguesia ainda se mostrava como pólo amorfo, em que a coisificação se praticava sob formas diretas de dominação, associadas à cultura colonial e escravista"[9], a frieza, a exterioridade do ponto de vista, combinavam-se bem com o objetivo de representar a "vida em sua atualidade imediata", ligada intrinsecamente ao interesse de captar e dar forma à dinâmica social concreta de uma cidade em franca transformação e expansão que, paradoxalmente, reconhecia-se ainda desafeita para a vida na pólis e incapaz de superar definitivamente o passado colonial e suas estruturas típicas.

Progresso e reposição do arcaico, expansão da lógica mercantil industrial burguesa e manutenção de estruturas de mando e poder ligadas à lógica colonial. Contrato e dependência pessoal; lei e mando pessoal direto. Tais eram algumas das contradições que marcavam a feição do processo de modernização de São Paulo e que, vistas a partir da "clarividência" de Alcântara Machado, não assumem qualquer poder mitológico afirmativo que transformasse o atraso em vantagem, como queriam, em boa medida, os movimentos Pau-Brasil e Antropófago, de Oswald de Andrade, aos quais, inclusive, o escritor de *Brás, Bexiga e Barra Funda* se ligou durante algum tempo, embora mantendo sempre um cauteloso distanciamento.

Assim, frieza e distanciamento são recursos utilizados pelo escritor com o propósito de representar, sem cair no sentimentalismo, a dinâmica da alienação e da coisificação no mundo encruado da São Paulo das primeiras décadas do século xx, no qual ideais burgueses de mobilidade social se combinavam com aspirações camponesas e com o imobilismo colonial[10]. Como

---

8. *Idem*, p. 50.
9. *Idem*, p. 64.
10. Esta discussão será desenvolvida na seção 3 do próximo capítulo, "Matriz histórica: choque e conjugação de temporalidades no processo de modernização de São Paulo (a colônia, o campesinato, o proletariado)".

disse Mário de Andrade, Alcântara Machado "não seria jamais herói nem santo", pois seu interesse era, "assentado numa ara convertida em posto-de-observação", estudar os indivíduos, os tipos, a sociedade, de modo inflexível e pretensamente objetivo. No contexto, essa inflexibilidade era um avanço, pois se opunha ao sentimentalismo patriarcal, ao mesmo tempo em que lhe revelava a violência. Observe-se, portanto, que interessava a Alcântara Machado discutir e problematizar a posição do intelectual frente às classes populares, especialmente considerando os impasses próprios à situação brasileira. Como se sabe, esta também era uma das questões centrais da obra e das preocupações de Mário de Andrade[11].

De todo modo, a despeito do sensível avanço que se observa ao longo da produção ficcional de Alcântara Machado, suas histórias são marcadas pela irrealização, pelo fracasso e pela inação das personagens. De um modo geral, suas personagens encarnam tipos fracassados, para os quais tudo tende a dar errado, de um modo ou de outro. Os esforços para aparentar dignidade tendem a ser malsucedidos e as tentativas de elevação frequentemente resultam no ridículo. Personagens como Gaetaninho e Lisetta, de *Brás, Bexiga e Barra Funda*, ou o "revoltado Robespierre", o "patriota Washington" e o "filósofo Platão" de *Laranja da China*, são exemplos "trágicos" desse fracasso.

Em *Brás, Bexiga e Barra Funda*, por exemplo, o espaço parece se impor às personagens, de forma que as tensões tendem a ser apresentadas e explicitadas de forma exterior, como fatalidade[12]. A primazia é dada à ação e não ao "exame do caráter individual", o que, na opinião de Mário de Andrade, estabeleceria o limite da realização dos contos. Embora perceba em *Brás, Bexi-*

---

11. Voltaremos a essa questão na 2ª seção do próximo capítulo ("Um princípio formal") para discuti-la a partir de sua realização em *Os Contos de Belazarte*.
12. Há nesse procedimento um fundo "naturalista", na medida em que, além de certa primazia do meio, parece haver interesse em mostrar a vida nela mesma, sem artifícios explícitos ou mediações estetizantes. Ou, para fazer referência à conhecida dicotomia de Engels entre "realismo" e "naturalismo", esse procedimento busca "refletir mecanicamente o ambiente fenomênico não assimilado do artista" (Jay, 2008, p. 230).

ga e Barra Funda uma "fixação de cada herói", entendida como um avanço em relação à *Pathé-Baby*, no qual "o escritor apenas caracterizava, aviventava o *heroísmo* das paisagens visitadas e dos indivíduos percebidos por meio do inchaço desamável da caricatura", Mário afirma:

> [...] numa curiosa fraqueza de concepção, os heróis do livro são heroizados pelos casos em que se acham envolvidos. É o caso, é a anedota do conto que *heroíza* os seres e lhes dá caráter, porque o moço escritor ainda estava muito enamorado da ação. E a caracterização quase que vem exclusivamente de fora para dentro, em vez da vice--versa mais legítima. Os tipos ainda são apenas vagamente *heróis* de si mesmos[13].

A isso se soma a contraface da inflexibilidade discutida pouco acima. Se o fato de situar-se numa "ara convertida em posto de observação" apresenta a vantagem de evitar o sentimentalismo fácil e paternalista, por outro lado tende a manter o ponto de vista que enforma as narrativas muito distanciado, aproximando-as por demais do pitoresco. O narrador, embora interessado nas histórias e nas personagens das quais se ocupa, tende a portar-se com certa superioridade, revelada, por vezes, num tom depreciativo, meio incomodado, meio irritado diante das atitudes, valores e relacionamentos narrados. Se há ironia na superioridade e na depreciação, e é certo que há, o movimento de volta que relativizaria o olhar narrativo não chega a impor-se. Certo fetiche pelo "fato em si", pela "verdade factual" captada pelo jornalista impede que o diálogo – ou mesmo, a dialética – necessário entre observador e observado, entre sujeito e objeto se realize.

Por isso, apesar do poder de síntese, da rapidez e agilidade do traço, do vigor cômico, que são pontos altos da realização dos contos, o interesse do narrador parece se afastar pouco da curiosidade jornalística e os contos parecem próximos demais

---

13. Mario de Andrade, "O Túmulo na Neblina", em Barbosa, 2001, p. 64.

da crônica. Dessa forma, a contingência, a datação, o específico vão sendo reiteradamente repostos no modo como as narrativas são conduzidas, como nas ênfases descritivas que configuram o contexto de vida das personagens e a paisagem urbana da época, com as costureirinhas das casas de moda da Barão de Itapetininga, as viações de ônibus, os mercadinhos, os jogos de futebol, as fábricas, os barbeiros etc. Daí certa sensação de envelhecimento que os contos de *Brás, Bexiga e Barra Funda* transmitem hoje, uma vez que pouco de sua realização literária ainda sobrevive para conferir-lhe valor autônomo para além do contexto histórico e literário de que é, sem dúvida, uma importante referência. Neste ponto, como se vê, os contos aproximam-se de fato da crônica e a literatura, do jornal.

Já *Laranja da China* parece ter resistido melhor ao tempo. Isto se deve, sobretudo, ao fato de que, para falar novamente com Mário de Andrade, "agora todos os contos [...] são desprovidos parcimoniosamente de anedota", e são "imensamente mais ricos de profundeza psicológica, de nitidez de seres. Os tipos, agora, já são *heróis* perfeitamente caracterizados. E já quase todos duma firmeza de análise, duma força de linhas, percuniente"[14].

O livro seria, por isso, na opinião do autor de *Belazarte*, o ponto alto do "classicismo de concepção ideativa" de Alcântara Machado, que teria feito com que ele, embora fosse "um escritor paulista, mesmo escritor paulistano, adstrito à observação de nossa capital", chegasse "cada vez mais a uma forte universalidade". Segundo Mário de Andrade, o escritor de *Laranja da China* tinha a "concepção antiga do herói", pois "eliminava dos seres ideados todas as disparidades, todos os descaminhamentos ou incertezas de caráter, pra vincar neles o que os caracteriza essencialmente como protagonistas duma psicologia determinada". Disto derivaria

[...] uma universalidade em que todos nós, sem nos reconhecermos jamais nos tipos mostrados por António de Alcântara Machado (como de fato é a nossa reação psicológica diante do herói clássico...) reconhe-

---

14. *Idem, ibidem.*

cíamos sempre os tipos como protótipos, como idealidades psicológicas, mais propriamente do que sínteses psicológicas. Muito embora em *Laranja da China* principalmente, ou ainda no *Capitão Bernini*, esses tipos sejam tirados dum indivíduo só, inconfundível e paulistano[15].

Daí Mário de Andrade concluir: "nesse sentido do emprego do herói protótipo, é que se prova mais o avanço firme de António de Alcântara Machado na virtuosidade técnica, na profundeza da análise, na beleza conceptiva. Ele avançou sempre num progresso duma segurança esplêndida"[16]. Avanço que Mário lamenta ter sido tragicamente interrompido pela morte prematura do escritor.

Outro aspecto relevante é que, em *Laranja da China*, embora o narrador permaneça distante, ele se aproxima mais das personagens, problematizando o ponto de vista de modo a fazê-lo perder sua verdade impositiva, seu olhar absoluto porque pretensamente factual. Ou seja, o narrador mantém sua "frieza", seu distanciamento e sua falta de envolvimento emocional, mas, ao problematizar o próprio ponto de vista narrativo, ao conferir às personagens uma existência mais autônoma de "heróis perfeitamente caracterizados" e ao eliminar a anedota, muito do pitoresco e do meramente circunstancial desaparecem (apesar de não serem eliminados plenamente), de forma que a realização dos contos acaba por adquirir uma dimensão que se abre para a permanência, enquanto a frieza e a falta de envolvimento emocional ganham expressão nova e mais bem realizada.

Um dos recursos que expressam esse avanço é o uso mais intenso e elaborado do discurso indireto livre, como se pode notar, apenas como um exemplo, num trecho extraído do conto "O Filósofo Platão":

Para a satisfação consigo mesmo ser completa só faltava abrir o guarda-sol. Você não quer abrir, desgraçado? Você abre, desgraçado,

---

15. *Idem*, p. 65.
16. *Idem*, pp. 62-63.

amaldiçoado, excomungado. Abre nada. Nunca viu, seu italianinho de borra? Guarda-sol, guarda-sol, não me provoque que é pior. Desgraçado, amaldiçoado, excomungado. Platão heroicamente fez mais três tentativas. Qual o quê. Foi andando. Batia duro com a ponteira na calçada de quadrados. De vingança. Se duvidarem muito as costas já estão fumegando. Depois asfalto foi feito ES-PE-CI-AL-MEN-TE para aumentar o calor da gente. Platão parou. Concentrou toda a sua habilidade na ponta dos dedos. É agora. Não é não. Vamos ver se vai com jeito. Guarda-solzinho do meu coração, abra, sim meu bem? Com delicadeza se faz tudo. Você não quer mesmo abrir, meu amorzinho? Está bem. Está bem. Paciência. Fica para outra vez. Você volta pro cabide. Cabide é o braço. Que cousa mais engraçada[17].

O trecho expressa o desconforto, a falta de jeito, a irritação, a frustração, a vontade de fazer tudo corretamente que acaba sempre em fracasso e na humilhação do "filósofo" Platão. Esses sentimentos, que vão se acumulando durante o conto, são expressos por um narrador que já não se apresenta simplesmente distante, como um frio observador, mas que se aproxima da personagem, incorporando parte de seu desconforto e de sua inquietação a seu próprio discurso por meio do uso intenso do indireto livre. Com isso, o narrador acaba por caracterizá-la com maior "nitidez" – para retomar a análise de Mário de Andrade –, configurando-a como um "herói protótipo" que avança em relação à caricatura ou ao pitoresco, ainda que não os supere completamente.

Essa "evolução" levou Mário a considerar que *Laranja da China* abriria para Alcântara Machado "as portas mais vastas do romance", uma vez que, em sua opinião, "mais do que um livro de contos", seria "um acervo de definições, de desenhos completos de personagens de romance"[18].

Além disso, *Laranja da China* intensifica um procedimento já encontrado em *Brás, Bexiga e Barra Funda*, mas que naquele aparece realizado de forma superior: cada conto fixa um

---

17. Alcântara Machado, 1999, pp. 90-91.
18. Mario de Andrade, "O Túmulo na Neblina", em Barbosa, 2001, p. 62.

quadro, uma imagem, um fragmento de São Paulo. De modo geral, as narrativas começam surpreendendo a ação já iniciada e encerram-se sem marcar propriamente o final, sugerindo que a ação continua para além do fim da narrativa. Nisso, aliás, Alcântara Machado incorporava uma das técnicas mais caras às artes modernas: a "montagem", inspirada, entre outros, no cinema.

Assim, *Laranja da China* se configura como um mosaico, um todo formado por fragmentos. Na intersecção das imagens condensadas em cada um dos contos, na junção dos fragmentos o livro parece sugerir um romance. Um romance falhado, é verdade, mas que aponta para uma oscilação fundamental: os contos (que antes mal transcendiam a crônica) transbordam a forma do conto, como se a matéria narrada pedisse uma realização maior. Mas, o romance não chega a se configurar como tal, como se, ao contrário e ao mesmo tempo, a matéria narrada fosse pequena demais para sua realização. Uma matéria ao mesmo tempo densa e etérea, cuja complexidade tosca parece exigir uma solução formal nova e contraditória que dê conta de representá-la e que Alcântara Machado não teve mais tempo de enfrentar devido à morte prematura.

Como se sabe, a pesquisa estética visando à construção de representações da realidade brasileira era uma das bandeiras do Modernismo e se encontrava apenas em seu início nos anos 20. Mário de Andrade, em *Os Contos de Belazarte*, enfrentará esse problema e tentará, também, testar os limites e possibilidades de uma representação de tipo realista da contraditória sociedade brasileira tal como se apresentava durante a década de 1920.

Em síntese, a escrita direta, o estilo "incisivo, debochativo e seco", a "dureza enunciativa sem espaço para enternecimentos" é, ao mesmo tempo, um achado e um limite, pois, se por um lado permite ao escritor uma aproximação mais direta, ágil e sintética com a realidade social, limpa do sentimentalismo frequentemente deformador e paternalista, por outro, tende a manter o ponto de vista externo demais, distante dos acontecimentos e das personagens, o que o leva a concentrar-se em uma espécie de curiosidade pelo pitoresco, e que configura o que Mário de Andrade chamou de "superioridade fria"[19].

Esses embates ainda em pleno processo, bem como o reconhecimento da evolução rápida do escritor, levaram Mário a declarar, em carta a Prudente de Moraes Neto, que se sentia indignado com a morte do escritor paulistano tanto quanto com a morte de Álvares de Azevedo, pois ambos "são poetas em que a gente percebe nas obras uma ascensão que só se completaria com o amadurecimento da idade e do espírito"[20].

Mário de Andrade, portanto, não apenas reconheceu a riqueza e as conquistas da obra de Alcântara Machado, como tratou de aproveitá-las, buscando superar algumas de suas limitações e fraquezas. *Os Contos de Belazarte* são, em certa medida, o resultado desse movimento que não deixou, ele mesmo, de apresentar seus limites.

BELAZARTE: A ORIGEM NAS "CRÔNICAS DE MALAZARTE"

Na "Bibliografia", publicada no final do volume da primeira edição de *Belazarte*, Mário de Andrade explica a origem das narrativas:

Estes contos foram planejados pra servirem de intermédios a umas Crônicas de Belazarte, publicadas na *América Brasileira*. De cinco em cinco crônicas, um se intercalava. Foram assim publicados os dois primeiros, "O Besouro e a Rosa" (*América Brasileira* de fevereiro de 1924) e "Caim, Caim e o Resto" (*América Brasileira* de julho de 1924). Depois, impulsos de camaradagem me obrigaram a sair da revista, que aliás morreu logo. Ficaram os contos já escritos no calor

---

19. Mário de Andrade, "O Túmulo na Neblina", em Barbosa, 2001, p. 65.
20. Mário de Andrade, carta de 16 de maio de 1935 a Prudente de Moraes Neto, em Barbosa, 2001, p. 51.

do plano inventado, e outros no desejo. Destes, alguns tiveram realização, e vão também aqui. "O Besouro e a Rosa" foi ainda publicado, e sem as restrições da revista, no livro *Primeiro Andar*, como página de encerro[21].

Entre 1923 e 1924, Mário de Andrade publicou mensalmente na revista *América Brasileira* uma série de oito crônicas e dois contos (os primeiros contos de Belazarte, mencionados no texto acima), que chamou de "Crônicas de Malazarte". Nelas o autor registrava fatos da história do movimento modernista, discutindo as principais questões que norteavam os debates da época. Fundamentalmente voltadas à polêmica, as crônicas expressavam debates fictícios entre três "personagens": o cronista, Malazarte e Belazarte, além de Graça Aranha, presença constante, mas passiva. A inclusão de personagens debatedoras permitia ao autor não apenas expor um pensamento ainda em desenvolvimento, como também discutir algumas das tendências e das perspectivas em jogo àquela altura, encenando suas polêmicas e diferenças na figura de cada uma das personagens[22].

É interessante notar que a multiplicação do cronista antecipa um procedimento recorrente em Mário de Andrade, encontrado tanto em *Os Contos de Belazarte* – um narrador oral (Belazarte) e um narrador inominado que transcreve literariamente as histórias do primeiro – quanto em *Macunaíma*, em que ficamos diante de uma narrativa de segunda mão, pois, como se sabe, o rapsodo afirma que transcreveu a história do herói contada a ele por um papagaio do Uraricoera[23].

Além disso, a oposição Malazarte-Belazarte dá o que pensar. A princípio Malazarte é o nome de uma conhecida personagem da tradição oral popular, Pedro Malasartes, que encarnava,

---

21. Andrade, 1934.
22. Cf. Rabello, 1999, pp. 26-28; e Bueno, 1992, p. 11.
23. A duplicação da voz narrativa, bem como suas consequências para a compreensão dos contos, está discutida na seção 4 deste capítulo ("O oral e o escrito: o aproveitamento da 'fala brasileira' e os dois planos narrativos dos contos").

em sua origem ibérica[24], uma das figuras do pícaro. Em suas inúmeras manifestações na cultura popular e rural brasileira, Malasartes aparece, de um modo geral, como um "caboclo sem vergonha", cuja aparente ingenuidade esconde uma grande esperteza que lhe permite arquitetar e operar suas inúmeras artimanhas. Por isso, apesar de sofrer e passar por diversas dificuldades, esse malandro caipira acaba sempre se saindo bem, enganando os poderosos (deste e do "outro" mundo, pois vence tanto senhores e reis quanto demônios), numa espécie de "troco", de revanche simbólica contra a miséria e a exploração. Além disso, Malazarte também é o título de uma peça de teatro, escrita em 1911, em que "em meio a arremedos simbolistas, Graça Aranha buscava fixar a imagem de um primitivismo capaz de coexistir harmonicamente com a civilização"[25]. Unindo essas duas referências, nas crônicas de Mário de Andrade, Malazarte encarnava a euforia desbragadamente otimista que vê "na aldeia a grande cidade industrial" e na modernização à brasileira uma oportunidade de transcendência das mazelas da época num arranjo que pensava conciliar primitivismo e pós-capitalismo.

Tanto a figura do "pobre esperto" quanto a visão excessivamente afirmativa da "alegria brasileira" serão desmontadas pela perspectiva do "outro cronista", Belazarte. Nas crônicas, Belazarte, nas palavras do próprio autor, é "rabugento, tristonho, realista" e "nas casas tijoladas da aldeia vê taperas"[26]. A primeira inversão é bem clara: o pessimismo é a marca de Belazarte e o

---

24. Os indícios existentes sobre a origem de Pedro Malasartes apontam suas primeiras manifestações na Espanha do século XV, na figura de um "Dom Pedro de Urdemalas", faceiro, astuto e traquinas. De lá a lenda teria chegado a Portugal onde se tornou "Pedro de Malas Artes", que, em algumas versões, é um sujeito que de tão tolo acaba, inadvertida e ingenuamente, sempre se saindo bem. Outros conhecidos nomes da personagem são: Payo de Maas Artes, Pedro Urdemales, Urdemale, Malaartes, Malazarte. Costuma-se, também, aparentar Malasartes com "Jean Mâchepied", uma conhecida personagem da tradição popular francesa. Cf. Vianna, 1999; Bueno, 1992, pp. 16-17; e Romero, 2000.
25. Rabello, 1999, p. 28.
26. "Crônica de Malazarte" I. Arquivo Mário de Andrade, IEB/USP.

opõe ao otimismo desmedido de Malazarte. Assim, ao inverter o sinal para Belazarte, Mário, como aponta Ivone Rabello, "parece insinuar que a mentira, o atrevimento e a amoralidade não dão muito certo quando se focaliza a realidade social. O mito da alegria não resiste ao olhar que se radica na realidade objetiva dos bairros periféricos da São Paulo dos anos 20"[27]. É fato, mas parece haver pelo menos três questões em discussão.

Em primeiro plano, encontra-se o desmonte do "mito da alegria", o que, desde a origem, situa Belazarte na contracorrente do clima de euforia que tomava conta de parte da literatura dos anos 1920. Clima que tendia, em alguns casos, a um certo elogio da modernização em si mesma, e em outros, a uma ênfase exageradamente afirmativa nas peculiaridades e nos potenciais da cultura brasileira, bem como de sua particular combinação de atraso e progresso, de primitivo e civilizado[28].

Em segundo plano, a inversão de Malazarte para Belazarte, ao que tudo indica (e como será discutido no próximo capítulo), problematiza a relação do intelectual/artista com as classes populares e com as manifestações (ou possibilidade de manifestação) da "cultura popular" frente ao "progresso". Na periferia da grande cidade, as expressões populares vistas por Belazarte parecem tênues e frágeis, senão francamente decadentes quando comparadas ao novo ritmo imposto pela modernização. A ideia de comunidade parece apenas uma abstração e a visão das personagens aparece como limitada, voltada apenas sobre si, para as miudezas do dia a dia e para a própria sobrevivência. Por isso, as soluções mágicas dos contos e lendas populares, embora permaneçam vivas na imaginação e na ideologia subjacente a personagens e narrador, estão, de fato, muito distantes ou são mesmo impossíveis, pertencentes a

---

27. Rabello, 1999, p. 27. Como discutido no início deste capítulo, esse posicionamento também se encontra na obra de António de Alcântara Machado e Mário de Andrade parece estar, em *Belazarte*, dialogando com as narrativas do autor de *Brás, Bexiga e Barra Funda*, problematizando-as e superando-as em muitos aspectos.
28. Além de Graça Aranha, parece evidente também a crítica ao "Pau-Brasil" e à "Antropofagia" de Oswald de Andrade, bem como a certas tendências relativamente importantes na época, mas muito menos representativas como a "Anta" e o "Verde-amarelismo".

um mundo longínquo, no tempo e no espaço. Dessa perspectiva, qualquer ideia de salvação por meio do popular não se sustenta e parece apenas uma miragem pouco ligada à realidade concreta. Tanto que, como veremos, não há qualquer compensação para a pobreza nas histórias contadas por Belazarte[29].

Finalmente, e ligado a esta última questão, mais do que uma crítica da amoralidade e da mentira, como sugere Rabelo, parece haver na posição de Belazarte um desmonte da figura mitificada do malandro. Visto da periferia de São Paulo, o mito do malandro também arrefece, tanto que os malandros que eventualmente surgem nos contos, além de capengas, saem logrados, como veremos, principalmente, na análise de "Jaburu malandro", no capítulo IV.

Em síntese, Belazarte não "nasce" como um contador de histórias, mas como um dos supostos debatedores das crônicas, indicando que a polêmica é uma de suas marcas mais fortes também em sua "encarnação" como narrador.

Além dessas, há ainda uma terceira aparição de Belazarte como personagem da crônica "O Diabo", publicada originalmente no *Diário Nacional*, em 1931 (portanto, anos depois da escrita dos contos, mas três anos antes de sua publicação em livro), e incluída em *Os Filhos da Candinha*[30].

BELAZARTE, O DIABO E OS ENGODOS DA MODERNIZAÇÃO BRASILEIRA

A crônica, de conteúdo ficcional, começa com Belazarte e o narrador estando prestes a entrar em uma casa desconhecida atrás de uma figura que o primeiro tem certeza de tratar-se do diabo.

---

29. Neste momento, o interesse é apenas levantar a questão, pois seu desenvolvimento será feito no próximo capítulo. A ideia, por exemplo, de que o universo das soluções mágicas dos contos populares está distante e, ao mesmo tempo, presente em *Belazarte* será uma das tônicas da discussão da seção 2 do próximo capítulo, "Um Princípio Formal".
30. Andrade, *Os Filhos da Candinha*, 1976, pp. 23-30.

Apesar de o narrador achar a história meio esquisita, Belazarte insiste e mostra-se determinado a tirar o acontecimento a limpo, especialmente porque diz não ter dúvidas do que viu:

– Te garanto que era o Diabo! Com uma figura daquelas, aquele cheiro, não podia deixar de ser o Diabo.
– Tinha cavanhaque?
– Tinha, é lógico! Si toda a gente descreve o Diabo da mesma maneira![31]

A certeza, baseada no conhecimento estabelecido de "toda a gente", garante a continuidade da busca mesmo diante da mistura de descrença e medo que determina a hesitação do narrador.

Depois de algum tempo no interior da casa, quando já estavam prestes a desistir, ambos se aproximam de uma cesta de roupa suja que estava no banheiro e, ao levantarem a tampa, de dentro da cesta sai uma moça descrita pelo narrador como "muito tímida", "casada", que trazia "certa nobreza firme no olhar", "meia comum, nem bonita nem feia, delicadamente morena", com "um ar burguês" e que se revela como sendo o Diabo. Inverte-se, então, a posição inicial de ambos, pois o narrador, que no começo demonstrava descrença, quase imediatamente se mostra seduzido pelo jeito da moça, enquanto Belazarte, ao contrário, fica desconfiado.

Durante a conversa, o Diabo revela possuir várias formas e diz que a imagem de homem com cavanhaque é sua "carteira de identidade". Revela ainda que, como mulher, tinha uma família e declara-se, ao contrário do que se imagina sobre ele, destinado a fazer os outros felizes. O Diabo passa, então, a pedir para que não denunciassem seu disfarce, pois isso acabaria com a tranquilidade e a felicidade de sua família. Para convencê-los, a jovem, que permanece com seu jeito tímido, delicado e preocupado, mostra-lhes sua família: o marido, três filhos, as criadas, o cachorro, todos dormindo tranquilamente. E completa: "Foi

---

31. *Idem*, p. 25.

pra evitar escândalo que quando os senhores entraram fiz minha família desaparecer sonhando. Meu marido esfaqueava os senhores..."

Sensibilizados pela "família feliz" do Diabo e ameaçados pela possibilidade de o marido acordar e matá-los, ambos acabam firmando juramento de cumplicidade com a moça, prometendo "não traí-la". O narrador é o primeiro a jurar e Belazarte, num misto de contrariado e desconfiado, acaba jurando também, mas sem entusiasmo. Ao final, depois de conduzi-los até a porta, a moça não se contém e solta uma gargalhada que deixa os dois perplexos. A crônica, então, encerra-se com a descrição de uma placa que se encontrava na frente da casa:

DOUTOR Leovigildo Adrasto Acioly de Cavalcanti Florença, formado em Medicina pela Faculdade da Bahia, Diretor Geral do Serviço de Estradas de Rodagem do Est. de São Paulo. Membro da Academia de Letras do Siará Mirim e de vários Institutos Históricos, tanto nacionaes como extrangeiros[32].

Inicialmente, pode-se notar que a crônica recupera, da literatura oral, o tema do demônio logrado, mas com sinal invertido, pois aqui, ao invés de enganarem o diabo – como frequentemente faz Pedro Malasartes, por exemplo –, Belazarte e o narrador é que são enganados. Nesse caso, malandragem e desconfiança não foram suficientes para protegê-los do ardil, que acaba por se mostrar mais sutil e poderoso do que as artimanhas ou mesmo do que as possibilidades de resistência individuais.

Seduzidos e ameaçados, acabam por ceder às artes diabólicas, que, nas gargalhadas do final, obrigam uma redefinição do olhar, ao relativizar os efeitos das "boas intenções" e dos sentimentos humanitários, que, em boa medida, orientam a decisão de Belazarte e do narrador. Mas, como fica sugerido, as "boas intenções" e as "boas aparências", frequentemente, servem a causas não confessáveis. O disfarce surge a serviço do engodo,

---

32. *Idem*, p. 30.

da sedução traiçoeira que, paradoxalmente, usa do juramento de fidelidade para alcançar seu intento.

Além disso, as artes diabólicas do engano, do abuso, da exploração do outro e de sua boa-fé vinculam-se também a certos embutes engendrados pela realidade brasileira. A esse respeito, note-se que, no final, ficamos sabendo que a casa onde Belazarte e o narrador encontraram o diabo pertencia ao "DOUTOR Leovigildo", médico formado na Bahia e diretor de um departamento que nada tem a ver com a medicina, além de membro de uma Academia de Letras e de institutos históricos, "tanto nacionaes como extrangeiros".

O que parece estar em questão, portanto, é o jogo de espelhos engendrado pela recorrência do favoritismo e do mandonismo pessoal, típicos de nossa herança colonial e insistentemente repostos nos diversos ciclos de modernização conservadora experimentados pelo Brasil desde meados do século XIX. De acordo com essa lógica, como se sabe, o que efetivamente conta não é propriamente a competência ou o mérito, mas os jogos de bastidor, os contatos pessoais, as inúmeras formas de sedução, negociação, exploração e bajulação que comandam muitas nomeações em cargos públicos e privados e que garantem o sucesso de alguns.

A esse respeito, vale lembrar uma conhecida discussão de Sérgio Buarque de Holanda em *Raízes do Brasil*. Logo no primeiro capítulo, o autor afirma que a família patriarcal forneceu "o grande modelo" a partir do qual se construíram, no Brasil, as "relações entre governantes e governados, entre monarcas e súditos", estabelecendo a crença de que "uma lei moral inflexível superior a todos os cálculos e vontades dos homens" poderia "regular a boa harmonia do corpo social", devendo, portanto, "ser rigorosamente respeitada e cumprida". Por isso, argumenta Sérgio Buarque, "no Brasil, o decoro que corresponde ao Poder e às instituições de governo" nunca pareceu conciliável com a "excessiva importância" atribuída por americanos e franceses a "apetites tão materiais" como a fiscalização e o ajuste, por parte do Estado, de interesses econômicos divergentes, e "por isso mesmo subalternos e desprezíveis de acordo com as ideias mais geralmente aceitas". Dessa forma, conclui o autor, "era preciso, para se fazerem veneráveis, que as instituições fossem amparadas em princípios longamente consagrados pelo costume e pela opinião"[33].

Nessa lógica, a aparência de dignidade, chancelada pela "tradição", pelo costume e pelo conhecimento aceito por todos, frequentemente é um dos mais fortes embustes engendrados pela intrincada lógica da cordialidade brasileira. Essa "ética de fundo emotivo" (na definição de Sérgio Buarque), tão comum por aqui, é, como se sabe, uma das bases sobre as quais se assenta a recorrente resistência brasileira de estabelecer o reconhecimento público da alteridade. A distância, o respeito, o cálculo, a civilidade, a autonomia permanecem sendo vistos como expressões "materiais" demais, "egoístas" demais e, por isso, reprováveis quando julgadas pela lógica fusional da indistinção emotiva, sentimental, tradicional etc.

E Belazarte, apesar de seu "pessimismo rabugento" e de toda sua desconfiança, desde o começo, mostrava-se relativamente predisposto a ser enganado devido a certa incapacidade de desconfiar das aparências ditadas pela tradição e pelo costume. Na crônica, a mesma confiança no costume que o fez ir atrás de um desconhecido que possuía a aparência consagrada do Diabo é que, ao final, fará com que ele ceda à sedução da terna e tímida moça. Assim, o costume e a aparência tradicional revelam pressupostos e valores sociais e, ao mesmo tempo, encobrem intenções e relações concretas, iludindo não apenas os desavisados, como também os desconfiados, operando um jogo intrincado de sedução, exploração e abuso, cujo resultado final costuma ser favorável à classe dominante.

Ou seja, o princípio do engodo apresentado na crônica é relativamente simples: assuma uma aparência respeitável e consagrada pelo costume; conte com "vítimas" predispostas a não duvidar da tradição e o diabo poderá se passar por uma moça

---

33. Holanda, 1984, pp. 53-54.

tímida, bem intencionada, submissa até, além de destinada a fazer os outros felizes.

O logro de Belazarte e do narrador, desse ponto de vista, remete ao poder de confusão, baralhamento e sedução da realidade brasileira, profundamente marcada como ainda está (e estava nos anos 1920) pela reposição de estruturas ligadas à colônia, à lógica patriarcal assentada na dependência pessoal e no favor, na proteção dos amigos e na exploração (ou eliminação) dos outros.

Assim, nascidos como intermédios a crônicas, *Os Contos de Belazarte* trazem desde sua origem as marcas da polêmica e do circunstancial que, não por acaso, definiram a fortuna crítica da obra. No entanto, como será discutido, às marcas do circunstancial e aos limites em que esbarram as narrativas somam-se aspectos que apontam para a realização estética dos contos, exigindo sua recolocação crítica.

O ORAL E O ESCRITO: O APROVEITAMENTO DA "FALA BRASILEIRA" E OS DOIS NÍVEIS NARRATIVOS DOS CONTOS

O uso intensivo do discurso oral é uma das marcas narrativas de *Belazarte*. Todos os contos são encimados por "Belazarte me contou", indicando a existência de dois narradores: um que conhece e conta as histórias oralmente a um outro que as transcreve em formato literário. Fica sugerido que as histórias seriam aquelas mesmas que se leem, uma vez que a escrita busca acompanhar o ritmo do relato oral, sua agilidade e sonoridade.

Como discutido no primeiro capítulo, a incorporação da oralidade responde a projeto de largo fôlego, voltado à estilização da "fala brasileira", o qual possui inúmeras repercussões ao longo de toda produção de Mário de Andrade. De início, isso já implica uma diferença em relação a Alcântara Machado, para quem o aproveitamento da linguagem de todo dia dos bairros pobres de São Paulo liga-se, como foi discutido, a um interesse "realista", a certa aproximação do pitoresco e à intenção de documentar o ritmo da fala popular paulistana.

Belazarte, diferentemente, é um momento do projeto de Mário de Andrade, no qual o uso literário (ou a "estilização") da língua oral já apresenta dinamismo e desenvoltura de modo a transmitir certa sensação de naturalidade e espontaneidade, tal como pretendido pelo autor. No entanto, apesar disso, ainda se percebem certos "exageros", momentos em que o uso parece forçado, pouco natural, esbarrando nos limites de um projeto ambicioso que ainda (e talvez sempre, já que no limite a realização plena era impossível) carece de maior desenvolvimento e enraizamento na tradição literária brasileira (pois, na medida em que permaneceu um projeto individual, perdeu a sustentação coletiva sem a qual esvanece grande parte de seu sentido). Vejam-se os exemplos:

Podia ter amor úa mulher já feita, com trinta anos de seca no prazer, corpo cearense e alma ida-se embora desde muito!... E o Paulino *faziam* já quasi quatro anos, dos oito meses de vida até agora, que não sabia o que era calor de peito com seio, dois braços apertando a gente, uma palavra "figliuolo mio" vinda em cima dessa gostosura, e a mesma boca enfim se aproximando da nossa cara, se ajuntando num chupão leve que faz bulha tão doce, beijo de nossa mãe... ("Piá não Sofre? Sofre.", p. 109.)

Batizado fatigante. Não paga a pena a gente imaginar que todos somos iguais, besteira! Mamãe, por causa da muita religião, imagina que somos. Inventou de convidar Ellis, mãe e "tutti quanti" pra comer um doce em nossa casa, vieram. Foi um ridículo oprimente pra nós os superiores, e deprimente pra eles os desinfelizes. Estavam esquerdos, cheios de mãos, não sabendo pegar na *xicra*. ("Túmulo, Túmulo, Túmulo", p. 99.)

E foi então que, palitando dente na janela, ele afinal principiou reparando naquela moça do portão. No dia seguinte, francamente, foi até lá só pra ver si tinha mesmo moça no portão daquela *chacra*. Nízia estava lá *meia* lânguida, mui mansa, não pedindo nada, só por costume duma esquecida que não esperava mais ninguém. ("Nízia Figueira, sua Criada", pp. 136-137.)

Vistas de hoje (e provavelmente já na época da primeira edição), as expressões que aparecem em itálico nos trechos acima frustram as intenções de naturalidade e parecem artificiais demais, forçadas até, ao ponto mesmo de o leitor ter uma certa dificuldade em identificar imediatamente o que está sendo dito. No caso particular do uso de "úa", como se sabe, era uma variação constante na produção de Mário, aparecendo nas cartas, em artigos, em poemas. Mas mesmo essa variação, hoje, parece muito pouco natural.

No entanto, esses momentos de "falha" são contrabalançados pelo conjunto. Mesmo nos excertos citados, percebe-se um ritmo solto que, em alguns pontos, chega mesmo a ser "natural". No trecho, "Não paga a pena a gente imaginar que todos somos iguais, besteira!", por exemplo, ou na opção pelo "quasi" ou pelo "si", nota-se a busca por uma espontaneidade própria do discurso oral. Nessas situações, a narração dinamiza-se e a agilidade do relato oral aparece bem dosada, construindo a "delícia de naturalidade" de que fala Milliet[34] e que é a tônica dos contos.

Além disso, a incorporação da oralidade e a divisão narrativa em dois planos visam a problematizar o ponto de vista narrativo, o que implica, por sua vez, uma reflexão a respeito do lugar e do papel do intelectual frente às classes populares. Essa reflexão, como se sabe, é bastante recorrente na produção literária e artística da época em todo o mundo e se fazia ainda mais espinhosa no Brasil devido às famigeradas desigualdades e à brutal fratura social de um país que mantinha grande parte de sua população apartada dos resultados da modernização e sujeita a relações de poder e exploração que atualizavam o passado colonial e escravista.

Tanto o aproveitamento da "fala brasileira" quanto a problematização do ponto de vista narrativo, ao se realizarem nas

---

34. Milliet, 1934.

diferentes narrativas que compõem o livro, complicam sua classificação simples em apenas um gênero (conto ou crônica ou...), o que impõe a necessidade de uma reflexão cuidadosa sobre as soluções formais que as aparentemente simples e despretensiosas narrativas de Belazarte apresentam, tanto naquilo em que avançam, em suas conquistas em relação à representação da realidade sobre a qual se debruçam, quanto naquilo em que falham, nos limites que apresentam.

QUESTÃO DE FORMA

Para discutir as especificidades das soluções formais e da constituição narrativa dos contos, é importante observar que, ao contrário do que tendeu a ser enfatizado pela crítica, o próprio Mário de Andrade não considerava *Belazarte* como obra menos importante, fato que se pode verificar, a princípio, no cuidado que o escritor dedicou à sua organização. A esclarecedora "Nota", publicada na segunda edição do livro, é um bom exemplo:

> Só nesta segunda edição os contos de Belazarte aparecem reunidos em seu agrupamento legítimo.
>
> Na primeira edição do livro, em 1934, não veio o conto "O Besouro e a Rosa", publicado em 1926 pelo autor, no seu primeiro volume de contos, *Primeiro Andar*, no intuito de oferecer aos seus leitores a evolução que fizera no gênero. Em compensação, o *Belazarte* de 1934 apresentava, sob ressalva de "intermédio", o conto "Caso em que Entra Bugre", escrito em 1929, já inteiramente fora do espírito dos contos de Belazarte. A sua inclusão no livro fora ditada apenas por exigências editoriais.
>
> "O Besouro e a Rosa" foi incluído nesta segunda edição, e dela retirado o "Caso em que Entra Bugre". Fica salvo desse jeito o espírito do livro, que agora, com as correções feitas no texto, o Autor acredita estar em sua integridez livre e definitiva[35].

---

35. *Os Contos de Belazarte*, 4.ed., São Paulo, Martins, 1956, p. 7. Depois de inúmeros contratempos que atrasaram a publicação do livro várias vezes, nas duas primei-

A "Nota" enfatiza o cuidado na organização do livro[36] que teria encontrado, na segunda edição, seu "agrupamento legítimo", de forma a lhe assegurar sua "integridade livre e definitiva". Ou seja, longe de apresentar os contos como obras menores, meramente circunstanciais, Mário de Andrade afirma o que considerava ser a *integridade livre* (autônoma) e *definitiva* (perene), conscientemente construída, da composição do livro.

Para retornar a uma citação já discutida anteriormente, para Mário "desque tenha uma necessidade essencial humana não é possível que nenhum elemento de caráter artístico legítimo seja precário e temporário"[37]. Na "Nota", ao "precário" se opõe o "livre" e ao "temporário", o "definitivo". Parece, então, que o escritor entende que *Os Contos de Belazarte* respondem a alguma "necessidade essencial humana", que os situam para além da crônica, do simples documento ou do meramente contingente.

> ras edições, publicadas, respectivamente, em 1934 e 1944, o livro foi editado com o título de *Belazarte*. Na época da segunda edição, as *Obras Completas* de Mário de Andrade já vinham sendo publicadas pela Editora Martins, porém, devido a uma promessa feita anteriormente, o escritor acabou autorizando a publicação de *Belazarte* pela Americ-Edit. Mas, a edição saiu com inúmeros erros de impressão que o levaram, inclusive, a pedir a ajuda de Guilherme Figueiredo para impedir a continuidade da sua distribuição (cf. Bueno, 1992, p. 6). Só na terceira edição, publicada em 1947 (dois anos, portanto, após a morte do escritor) pela Martins como vol. v das *Obras Completas*, o livro passou a se chamar *Os Contos de Belazarte* e teve, enfim, uma edição que, além de sua "integridade livre e definitiva", trazia também um texto editado de acordo com o desejo do autor (a despeito de alguns problemas de revisão que persistiram).
>
> 36. Mário faz referência ao "espírito do livro" também em algumas passagens de sua correspondência, enfatizando que os contos "são de Belazarte e não meus", como disse na carta xxv a Drummond. Em carta a Fernando Sabino, datada de 22 de setembro de 1943, encontra-se um comentário interessante a esse respeito: "Você me diz que está sentindo dificuldades em refazer o capítulo da novela, e eu compreendo isso. Realmente quando a gente sai do espírito dum livro, é muito difícil, sinão impossível a gente se reconduzir a esse espírito. Tenho um caso quase dramático na minha vida que são dois assuntos concebidos por Belazarte que, o tempo foi passando, o espírito de Belazarte se acabou em mim e os contos ficaram por fazer. Pois V. sabe uma coisa estranha? Está claro que me seria impossível hoje escrever como Belazarte em 1923 a 1926, mas os assuntos existem, são, imagino, excelentes. Mas me é impossível os apresentar em meu espírito atual. São contos, são assuntos que só a Belazarte era possível aproveitar!" (Andrade, 1993, p. 83).
> 37. Andrade; Bandeira, 2000, p. 362.

No entanto, em outros momentos, o autor reforça a contingência da obra, sugerindo sua datação. No prefácio abandonado[38] de *Belazarte*, escrito em 1930, quatorze anos antes da "Nota", Mário de Andrade afirma:

> Quando fiz estes contos, a maioria no tempo em que Elísio de Carvalho sustentava a "América Brasileira", e pra ela destinados, o momento pra mim era de exercícios de estilo. Isso quanto a exterior. Nem bem principiado o primeiro conto, o leitor verá, lembrando este Prefácio, que esse tempo até pra mim já passou já.

E mais adiante:

> Não sei o que eles [os contos] valem e a distância vasta que me separa deles não me permite mais aquele ardor com que o artista se ilude sobre o que faz no momento. Porém, gosto deles principalmente porque abrem com modéstia um rumo novo pra mim.

Como se pode notar, o escritor, aí, sugere que não apenas o valor dos contos se situaria no fato de serem indicações de novos rumos, como fariam isso modestamente. Sua importância, então, parece resumir-se a de documento de um tempo que até para o autor "já havia passado já".

Ou seja, à época do "Prefácio", bem próxima à conclusão de várias narrativas do livro, Mário de Andrade apresenta uma apreciação avessa àquela que expressou no final da vida, em 1944, quando escreveu a "Nota". A proximidade com a escrita dos contos, com os debates da época e com a mudança de rumos da produção modernista no início da década de 1930, podem ter levado o escritor a essa apreciação tão modesta[39]. No entanto, em 44, a distância no tempo, parece tê-lo levado

---

38. O prefácio encontra-se nos arquivos do Instituto de Estudos Brasileiros da Universidade de São Paulo (IEB/USP) e estão disponíveis apenas para consultas, pois sua publicação ainda não foi autorizada.
39. Na carta a Manuel Bandeira, datada de 27 de dezembro de 1929 e citada na nota 1, encontramos um comentário que reforça esse argumento.

a uma consideração, em certa medida, mais isenta e a um balanço mais equilibrado do livro. E, talvez, por isso mesmo, por reconhecer a datação do "Prefácio", Mário tenha desistido de incluí-lo na edição final do livro, enquanto a "Nota" passou a fazer parte de todas as edições de *Belazarte* a partir de 44. É uma hipótese plausível, mas, ainda assim, é preciso admitir que faltam elementos concretos para sustentá-la. De qualquer forma, a comparação das apreciações do "Prefácio" e da "Nota" aponta para uma oscilação que se verifica também na correspondência do autor, na qual se alternam comentários elogiosos e depreciativos[40] que apontam para uma dificuldade efetiva e inerente à apreciação desses contos.

Em resumo, por mais que se reconheçam os limites da obra, há algo nos contos que impõe o reconhecimento de uma realização maior, apontando para a integridade do livro e de sua realização estética. No entanto, quando, ao contrário, procura-se enfatizar a qualidade literária das narrativas, há sempre algo a apontar para o incompleto, algo que parece não funcionar e não convencer plenamente.

Se *Belazarte* for comparado a *Macunaíma*, por exemplo, percebe-se que os contos possuem uma realização própria, o que lhes confere um valor em si. Mas, não há dúvida, no entanto, que *Macunaíma* brilha muito mais intensamente e que, perto dele, os contos parecem bastante modestos. Aliás, no "Prefácio" a *Belazarte*, Mário de Andrade se refere a *Macunaíma* como uma "obra-prima que falhou"[41]. Se a história do "herói de nossa gente" é uma obra-prima falhada (o que aponta para o incom-

---

40. Exemplos: "Não leia este livro inteiro que francamente não vale a pena. Fiz imprimir ele pra ter a ilusão pequena de que ainda escrevo alguma ficção" (Trecho da dedicatória em exemplar de *Belazarte* enviado a Drummond em 23 de fevereiro de 1934. Andrade, 1989, pp. 171-172). Ou ainda em carta a Bandeira, de 11 de fevereiro de 1930: "Pretendo então publicar o *Belazarte* que levará dois contos de que gosto bem, o caso do Piá que sofre e o 'Nízia Figueira'. O resto é inútil. Publico mesmo só porque faz livro" (Andrade; Bandeira, 2000, p. 441).
41. O trecho é o seguinte: "Depois que escrevi o poema heroi-cômico de Macunaíma e o li, meu desespero foi enorme ante a obra-prima que falhou. O filão era de obra-prima porém o faiscador servia só pra cavar uns brilhantinhos de merda".

pleto, para o menor, para o que não se realizou plenamente), *Belazarte* talvez seja a obra falhada que tem laivos de grande obra (o que aponta para a realização estética plena e autônoma que desponta, ocasionalmente, em meio ao falhado e ao menor)[42]. De qualquer maneira, nos dois livros, observamos um convívio contraditório e permanente das duas dimensões, de forma que temos a obra-prima que é obra menor e a obra menor que tem algo de obra-prima.

Desse ponto de vista, parece plausível afirmar que não é possível classificar resoluta e inequivocamente qualquer obra de Mário de Andrade em apenas um dos polos da oscilação maior-menor, pois, ao que tudo indica, e como argumentado no final do capítulo i, essa oscilação é constitutiva de sua produção e de sua condição de "grande poeta brasileiro" (para retomar a expressão de Manuel Bandeira) e de grande artista da "periferia do capitalismo", que, além dos embates específicos da realidade social concreta que confrontava, ainda estava às voltas, na época da escrita dos contos, com um momento de intensa transformação da concepção de arte no Brasil, o que impunha a necessidade de experimentar novas formas e combater princípios estabelecidos.

Além disso, outro aspecto importante a considerar para a devida apreciação crítica de *Belazarte* é a análise da configuração formal das narrativas.

Como se sabe, Mário de Andrade entendia o conto como uma forma altamente plástica. No conhecido artigo "Contos e Contistas", publicado em 1938 e depois incluído em *O Empa-*

---

42. Relação que podemos observar já no gênero de cada um dos livros: enquanto *Belazarte* é um livro de contos, *Macunaíma* é um romance-rapsódia. O conto em si mesmo, por sua própria dimensão, é, em certo sentido, "menor" que o romance, percepção que, inclusive, o próprio Mário de Andrade possuía. No artigo "Contos e Contistas", o autor diz que um contista medíocre é capaz de escrever um conto bom, mas um romance não resiste à mediocridade do escritor. Ou seja, o romance – como, aliás, é de aceitação geral – demanda um domínio técnico, um acabamento e uma unidade que a forma do conto não exige na mesma dimensão, o que torna o primeiro uma realização, digamos, mais completa e complexa e que, por isso, acaba por não resistir à mediocridade do escritor (cf. Andrade, 2002, pp. 9-12).

lhador de Passarinho, o escritor sustenta que a preocupação em definir precisamente o que é conto é um "inábil problema de estética literária", pois "sempre será conto aquilo que seu autor batizou com o nome de conto". Isso porque, "em arte, a forma há de prevalecer sempre esteticamente sobre o assunto", de maneira que os grandes contistas (cita Guy de Maupassant e Machado de Assis como exemplos) "não são descobridores de assuntos pra contos, mas da forma do conto", que é "indefinível, insondável, irredutível a receitas"[43].

A sentença "sempre será conto aquilo que seu autor batizou com o nome de conto" sintetiza uma ideia central do autor não apenas sobre a forma do conto como sobre o princípio norteador da criação literária. Em carta a Fernando Sabino, datada de 25 de janeiro de 1942, Mário afirma ao amigo:

[...] não se amole de dizerem que os seus contos não são "contos", são crônicas etc. Isso tudo é latrinário, não tem a menor importância em arte. Discutir "gêneros literários" é tema de retoriquice besta. Todos os gêneros sempre e fatalmente se entrosaram, não há limites entre eles. O que importa é a validade do assunto na sua própria forma[44].

O trecho segue uma linha semelhante à da discussão de "Contos e Contistas" e apresenta o ponto de vista do escritor, sintetizado dessa vez na expressão: "o que importa é a validade do assunto na sua própria forma". Ideia que, em outro momento da mesma carta, Mário complementa:

[...] você eis que se acha de posse de um assunto. A primeira coisa a fazer é analisar friamente o seu assunto. Ele vale? Com ele você obtém qualquer coisa de humano, de útil? Você expõe uma realidade da vida? você castiga ou exalta uma classe, uma virtude, uma necessidade social? Bem, si o seu assunto você acha que tem qualquer validade funcional, agora é ver o que ele *rende* como arte. E é nesta procura de

---

43. Andrade, 2002, pp. 9-12.
44. Andrade, 1993, p. 23.

rendimento que o fundo (o assunto) acha naturalmente sua forma. A linguagem tem de ser esta, o *tamanho* tem de ser este. É muito mais o *tamanho* deduzido do conteúdo do assunto que determina o *gênero* do continente, e não decidir assim sem necessidade mas se prendendo a um preconceito, que a coisa vai ser conto, crônica ou romance, ou poesia em prosa[45].

Voltando aos anos 1920, em uma carta a Manuel Bandeira encontra-se outra passagem que aponta para a mesma direção. Discutindo uma crítica de Tristão de Athaíde a *Macunaíma*, que o autor considerou "meia besta", Mário dizia que "achar que a língua do livro é de candomblé é injustiça. A língua foi justamente uma das preocupações minhas: sair da língua falada e chegar afinal na língua escrita. Se nas partes florestais isso aparece mais é porque estilo muda com assunto"[46].

E nos anos 1930, respondendo a Drummond sobre observações e críticas que o poeta mineiro havia feito a respeito de alguns contos de Belazarte, Mário argumenta:

[...] comentando o "Nilza Figueira, sua Criada", você me demonstrou um conceito apertado e dogmático do conto. Não aceito não. Aliás meu livro se intitulará *Histórias de Belazarte...* [...] E veja, hoje todos os gêneros se baralham, isso até Croce já decretou e está certo. Romances que são estudos científicos, poemas que são apenas lirismo, contos que são poemas, histórias que são filosofias etc. etc. Não tem a mínima importância saber qual o conceito exato de romance![47].

Desse ponto de vista, portanto, a forma literária, incluindo-se aí a poesia, o romance, o teatro, e não apenas o conto, é "irredutível a receitas", porque "estilo muda com assunto". A concepção aqui é francamente dialética: nem a forma nem o conteúdo tem primazia. É a partir da inter-relação entre o "fundo" e a pro-

---

45. *Idem*, pp. 23-24.
46. Carta 211 de 10 de setembro de 1928; Andrade; Bandeira, 2000, p. 406.
47. Andrade, 1989, p. 99.

cura pelo que pode "render como arte" que a literatura se faz. Determinar previamente e imperativamente a forma, além de "preconceito", torna o trabalho artístico excessivamente técnico, com os riscos de superficialidade, adereço e frieza que disso decorrem e que foram combatidos pelo Modernismo desde o início. Ao mesmo tempo, o assunto em si não determina nada sem a intenção de fazê-lo "arte", de modo que o assunto que não encontra sua forma não terá chegado a ser literatura. Daí o autor sustentar que a preocupação com a definição precisa dos gêneros literários é um "inábil problema", "não tem a mínima importância" e é "tema de retoriquice besta" porque procura cristalizar o que é em si dinâmico, procura enquadrar o que é processo, procura paralisar e tornar um fim em si mesmo o que é meio para se alcançar a expressão.

Se a forma não existe nem pode existir como algo predeterminado por regras exteriores à expressão, não são princípios gerais que devem ditar a forma, mas sim o trabalho com o assunto que traz em si mesmo uma forma. Por isso, o trabalho da crítica não é julgar as obras a partir de "conceitos apertados e dogmáticos", preestabelecidos e exteriores a elas. Ao contrário, a obra deve ser julgada a partir dos problemas que movimenta, das soluções que propõe, da representação que constrói, enfim, do êxito de sua expressão, da "validade do assunto em sua própria forma". Ponto de vista, aliás, concordante com as reivindicações de liberdade de expressão e criação artística comuns a diferentes manifestações artísticas do início do século xx no mundo todo.

Voltando a *Belazarte*, vale lembrar que antes de decidir-se pelo título *Os Contos de Belazarte* (que vigora apenas a partir da terceira edição), Mário pensou em *Histórias de Belazarte* (cf. carta xxv a Drummond, citada acima), e se decidiu nas duas primeiras edições apenas por *Belazarte*. Essa flutuação/indefinição do título (que pode ser acompanhada em sua correspondência), ao que tudo indica, aponta para o baralhamento formal constitutivo dessas histórias, cujo reconhecimento pelo autor deve tê-lo levado a hesitar, talvez temendo o modo como o livro seria recebido, uma vez que chamar as narrativas de contos poderia facilitar uma apreciação negativa ou apenas complacente por parte da crítica. A primeira impressão de Drummond sobre o livro, aliás, parece indicar que, quase fatalmente, isso aconteceria. A opção final por chamar de contos narrativas tão diferentes da "noção apertada e dogmática de conto" provavelmente foi mais uma maneira de marcar posição no debate literário da época, particularmente no que se refere às formas de representação realista da pouco densa realidade brasileira, em especial onde ela se revela mais contraditória e desigual, a saber, na situação das classes populares.

Nos contos bem pouco ortodoxos de Belazarte, ao sabor da conversa, no ritmo ágil da fala popular, as histórias "banais" do dia a dia da "gente pobre" acabam por assumir um tom quase proverbial, mas sem que a "injustiça" ou a pobreza encontrem qualquer promessa de compensação.

Como veremos no próximo capítulo, um pouco à semelhança do poema "pobre alimária" de Oswald de Andrade analisado por Roberto Schwarz em "A Carroça, o Bonde e o Poeta Modernista"[48], o conjunto assume a aparência de "causos" observados, nos quais a permanência de estruturas coloniais em meio às transformações pelas quais a cidade de São Paulo passava configura um mundo travado, no qual os conflitos não se consumam e as relações sociais são marcadas pelo imobilismo e pela falta de perspectivas. Esse processo, que modela o conteúdo, ordena internamente o tecido narrativo dos contos, determinando sua estrutura. A convivência histórica de ritmos incongruentes, a permanência do atraso e do mundo colonial como momento constitutivo do progresso, aparecem na estrutura narrativa como oscilação entre um modo pré-capitalista e a-histórico de contar estórias e tirar delas lições de vida por meio da comunicação de experiências de cunho coletivo, e o modo moderno de narrar, centrado na experiência histórica e capitalista do indivíduo isolado, vivendo a fragmentação da vida e a relativização dos valores. A dimensão "esquisita" da construção formal dos contos surge da convivência contraditória de

---

48. Schwarz, 1997, pp. 11-28.

três estruturas: o conto tradicional (ligado ao conto de fadas), o "causo" e o conto moderno. "É que estilo muda com assunto." Essa oscilação é constitutiva de *Belazarte*, estando presente em todos os níveis dos contos, do conteúdo à estrutura, e é a partir de seu reconhecimento e análise que se pode redimensionar o lugar do livro no conjunto da produção de Mário de Andrade, bem como seu valor literário. Além de sugerir que, nessas paragens, o falhado, paradoxalmente, pode não ser apenas sinal de contingência e fracasso estético.

ESTÉTICA E POLÍTICA; EXPERIMENTALISMO E POLÊMICA: ENTRE OS ANOS 1920 E OS ANOS 1930

Em síntese, a polêmica define mais de um aspecto de *Os Contos de Belazarte*, de sua origem nas crônicas, à escolha do foco (a periferia, suas personagens, ritmos e contradições), passando pela estilização da linguagem e pelas soluções formais (às quais voltaremos adiante). O livro parece ter voltado a desempenhar um papel importante e provocador em meio aos debates da época, colocando-se na contracorrente do clima de euforia que tomava conta de parte da literatura dos anos 1920. Ao otimismo desbragado e às tentativas de afirmação, Belazarte contrapõe seu pessimismo e a negatividade implacável de sua visão das contradições do processo de modernização paulistano.

Nesse sentido, o livro desafina de uma das tendências mais fortes do Modernismo de 1920: a reinterpretação de nossas deficiências como superioridades, como define Antonio Candido no conhecidíssimo ensaio "Literatura e Cultura de 1900 a 1945"[49]. Visto da periferia da grande cidade, o atraso perde qualquer poder mitológico e o desejo de reinterpretação do Brasil assume uma posição mais crítica e direta, contrariando as representações ideológicas de uma harmonia social que se configurasse para além das

---

49. Candido, 1965, p. 143.

tensões e dos antagonismos[50]. Daí que *Os Contos de Belazarte*, escritos entre 1923 e 1926, parecem estar mais afinados com a reflexão social dos anos 1930, década em que o livro foi publicado. Como se sabe, a década de 1930 representou um momento chave na formação e consolidação da reflexão histórica e social brasileira. Obras como *Casa Grande e Senzala* (1933), de Gilberto Freyre, *Evolução Política do Brasil* (1933), de Caio Prado Jr., e *Raízes do Brasil* (1936), de Sérgio Buarque de Holanda, publicadas nessa década, alteraram profundamente as bases do debate nacional e tornaram-se referências fundamentais do pensamento brasileiro. Na literatura da época, ocorre certo processo de "normalização" e de "generalização"[51] das propostas e conquistas esboçadas e definidas nos anos 1920, de modo que, numa expressão conhecida e muito citada de Alfredo Bosi, a literatura nacional teria alcançado uma "compreensão viril dos velhos e novos problemas" brasileiros[52]. Autores como Graciliano Ramos, José Lins do Rego, entre outros, afastaram-se das tendências míticas e folclóricas da "fase heroica" do Modernis-

---

50. O exemplo mais importante nesse sentido é a obra de Oswald de Andrade. Sobre a solução oswaldiana, Roberto Schwarz, em "A Carroça, o Bonde e o Poeta Modernista", afirma: "Já com Oswald o tema [refere-se à percepção do convívio contraditório de traços burgueses e pré-burgueses que tem mobilizado debates e reflexões desde a Independência pelo menos], comumente associado ao atraso e desgraça nacionais, adquire uma surpreendente feição otimista, até eufórica: o Brasil pré-burguês, quase virgem de puritanismo e cálculo econômico, assimila de forma sábia e poética as vantagens do progresso, *prefigurando a humanidade pós--burguesa*, desrecalcada e fraterna; além do que oferece uma plataforma positiva de onde objetar à sociedade contemporânea. Um ufanismo crítico, se é possível dizer assim" (Schwarz, 1997, p. 13). Em grande medida, é com essa crítica otimista e encantada que Mário de Andrade rompe, opondo a ela o desencanto e o pessimismo de uma visão mais diretamente arraigada na realidade, para quem as ideias de união e harmonia não se sustentam a não ser numa dimensão metafísica. Mesmo *Macunaíma* não possui uma "surpreendente feição otimista, até eufórica", para a qual o Brasil pré-burguês prefiguraria a humanidade pós-burguesa. Ao contrário, o herói de nossa gente falha e não apenas não prefigura a vitória da solução brasileira como sugere certa incapacidade de superação, de amadurecimento, de aprender com os próprios erros, representada na insuperável volubilidade do herói.
51. Cf. A. Candido, "A Revolução de 1930 e a Cultura", *A Educação pela Noite e Outros Ensaios*, 2. ed., São Paulo, Ática, 1989 pp. 181-198.
52. Bosi, 1980, p. 430.

mo, consideradas por eles excessivamente abstratas, e passaram a se dedicar a uma literatura arragaida no real e em suas contradições[53].

Belazarte, assim, situa-se entre o experimentalismo do "projeto estético" de 1920 e o engajamento do "projeto ideológico" de 1930 (para usar os termos de João Luiz Lafetá em *1930: A Crítica e o Modernismo*). Mas, ao lado das conquistas, a busca de Mário de Andrade por uma representação de tipo realista das contradições da modernização brasileira apresenta limitações que apontam em duas direções: uma primeira ligada às dificuldades que a "rarefeita" realidade brasileira impunha a esse tipo de representação, e uma segunda ligada, por assim dizer, aos limites do próprio autor. Mário de Andrade parece encontrar em *Macunaíma* a possibilidade de uma grande realização literária, mas, ao voltar-se para a representação concreta da vida dos bairros populares de São Paulo, a representação falha, mostrando-se tateante, como que à procura de uma forma que não consegue atingir plenamente.

É a discussão das conquistas e dos limites expressivos dos contos o objetivo do próximo capítulo.

---

53. A esse respeito, ver João Luiz Lafetá, *1930: A Crítica e o Modernismo* (Lafetá, 2000) e Antonio Candido, "Literatura e Subdesenvolvimento" (Candido, 1989, pp. 140--162).

3

Forma Literária e Processo Social

AJUSTANDO O FOCO

Um dos aspectos que primeiro salta à vista em *Os Contos de Belazarte* (e que é uma constante da melhor produção literária do período) é a convivência de ritmos diferentes, algumas vezes antagônicos e incongruentes, que se entrecruzam e se determinam reciprocamente. Observem-se os trechos[1]:

> Mas no geral os manos passavam os descansos junto da mãe. No verão iam pra porta, aquelas noites mansas, imensas da Lapa... Plão, tlão, tralharão, tão, plão, plãorrrrr... bonde passava. E o silêncio. A casa ficava um pouco apartada sem vizinhos paredes meias. Na frente do outro lado da rua era o muro da fábrica, tal e qual uma cinta de couro separando a terra da noite esbranquiçada pela neblina. Chaminés.

1. Todos os trechos citados neste e no próximo capítulo têm por base a edição: *Os Contos de Belazarte*, 4. ed., São Paulo, Martins, 1956.

A cincoenta metros outras casas. O cachorro latia, uau, uau... uau... ("Caim, Caim e o Resto", pp. 53-54.)

Cada bonde carroça que passava, eram vulcões de poeira. Ar se manchando que nem cara cheia de panos. O jasmineiro da frente, e mesmo do outro lado da rua, por cima do muro, os primeiros galhos das árvores tudo avermelhado. Não vê que Prefeitura se lembra de vir calçar estas ruas! é só asfalto pras ruas vizinhas dos Campos Elísios... Gente pobre que engula poeira dia inteirinho! ("Jaburu Malandro", p. 38.)

A pureza a infantilidade a pobreza-de-espírito se vidravam numa redoma que a separava da vida. Vizinhança? Só a casinha além na mesma rua sem calçamento, barro escuro, verde de capim livre. A viela era engulida num rompante pelo chinfrim civilizado da rua dos bondes. Mas já na esquina a vendinha de seu Costa impedia Rosa de entrar na rua dos bondes. ("O Besouro e a Rosa", p. 13.)

A construção desses trechos se faz pelo contraste de imagens que representam temporalidades históricas distintas. O bonde e a carroça, o asfalto e a viela de terra, a vizinhança esparsa e tranquila convivendo com os muros da fábrica; um ritmo lento e tradicional, ligado a uma temporalidade pré-urbana, convivendo intimamente com elementos que configuram a temporalidade moderna do trabalho industrial, do tempo do relógio, do transporte coletivo, da vida agitada na cidade etc.

No primeiro trecho citado, por exemplo, o silêncio e a tranquilidade da vizinhança e daquelas "noites mansas, imensas da Lapa" convivem em harmonia com o latido do cachorro, cuja pausa e serenidade sugere um barulho familiar, articulado ao ritmo daquela comunidade, diferentemente do que ocorre com o barulho confuso do bonde ("Plão, tlão, tralharão, tão, plão, plãorrrrr..."), único som a perturbar o silêncio da noite.

O cenário, portanto, é composto por choques e sobreposições: vizinhança esparsa – muro da fábrica[2]; tranquilidade

---

2. Vale notar que essa imagem representa bem uma das formas preponderantes de ocupação do espaço urbano durante as três primeiras décadas do século XX:

– agitação; latido do cachorro – barulho do bonde; ritmo pré-urbano – modernização. E o mais importante: o que aparece como "defeito", como algo estranho, não é a tranquilidade quase rural da vizinhança, mas a presença meio fantasmagórica do muro da fábrica; não o latido do cachorro, mas o barulho do bonde. Portanto, tal como representado no primeiro trecho, o "fora de lugar" não é o ritmo pré-urbano, mas a modernização. É ela que aparece desfocada e perturbadora, contrastando e atrapalhando a configuração plena de um cenário pacato.

No segundo trecho, o acento é um pouco diferente. A princípio, a aproximação "bonde carroça", feita no texto sem o uso de vírgulas ou conectivos, sugere, como é comum à poética modernista, simultaneidade, que surge como relativamente normal, a despeito do evidente contraste que, embora exista, não chega a redundar num choque efetivo entre os dois, que parecem conviver em relativa harmonia no contexto. O problema, o descompasso, nesse caso, aparece na ausência do calçamento das ruas, ou seja, na precariedade da infraestrutura urbana da vizinhança. O ritmo quase rural, aqui, não é vantagem, nem é visto com a condescendência meio idealizada do trecho anterior. Ao contrário, a ausência de asfalto configura um problema, e mais, configura mesmo uma evidência da desigualdade social e do descaso com os bairros pobres. O acento negativo, neste caso, situa-se na limitada modernização, que atua de forma diferente nos bairros centrais. Apesar disso, esse acento negativo não afeta todo o conjunto, pois a presença da carroça não chega a configurar problema, que parece se restringir, na visão do narrador, à ausência de calçamento.

"Nos primórdios da industrialização e basicamente até os anos 1930, muitas empresas resolviam o problema do alojamento de sua mão de obra, através da construção de 'vilas operárias', geralmente contíguas às fábricas, cujas residências eram alugadas ou vendidas aos trabalhadores. [...] O fornecimento de moradia pela própria empresa diminuía as despesas dos operários com sua própria sobrevivência, permitindo que os salários fossem rebaixados". Assim era o cenário dos bairros do Brás, da Moóca, do Belém de então, "onde a vida girava em torno dos apitos das fábricas de tecido" (Camargo, 1976, p. 25).

Assim, o movimento principal (o avanço técnico e urbano), embora preponderante e determinante das transformações, aparece desfocado, ao fundo, convivendo intimamente com um ritmo que dele difere muito. O "ritmo da periferia" não aparece apenas como mero resíduo, ou seja, como algo que estivesse prestes a sucumbir diante do apelo inexorável do progresso, surgindo, ao contrário, como momento constitutivo deste. A contradição entre as temporalidades que configuram a cena, embora evidente, não chega a configurar o conflito esperado entre os modos de vida que cada uma institui, encerrando-se numa aparente normalidade que, vista à distância, só faz aumentar a sensação de estranhamento e incompatibilidade.

Daí o efeito geral desse procedimento narrativo (constituído a partir do que Walter Benjamin denominou de "técnica do choque") ser uma negação dupla: a presença do bonde, como símbolo do progresso, do avanço técnico e da urbanização, explicita a precariedade por trás da aparente tranquilidade, em certos aspectos quase rural, das vizinhanças de Rosa, Carmela, João e dos irmãos Aldo e Tino; enquanto o ritmo de vida desses – ainda dominado por resquícios de uma sociabilidade pré-urbana, construída com base na família e nas fidelidades tradicionais, embora já destituída da "aura" do convívio comunitário – evidencia a violência daquele, colocando em dúvida sua pretensa civilização.

No terceiro trecho, por exemplo, a imagem da viela sendo "engulida num rompante pelo chinfrim civilizado da rua dos bondes" sintetiza bem esse efeito. A expressão "engulida num rompante" sugere um movimento abrupto e violento, realizado de forma repentina, sem preparação ou mediação: a vida calma, monótona, altamente rotineira da vielinha é bruscamente interrompida pela rua dos bondes que, por sua vez, apresenta-se como um "chinfrim civilizado". Como se sabe, "chinfrim" significa confusão, algazarra, desordem; por isso, sua aproximação com "civilizado" (que evoca regra, ação consciente e racional, civilidade etc.), gera um forte contraste, que, no contexto, surge tingido de normalidade, sem que, por isso, deixe de ser estranho e problemático. A vida pacata da viela é desmerecida pela agitação da rua dos bondes, que diante daquela aparece como algo confuso, violento, transtornador. Ou seja, há ao mesmo tempo a sensação de relativa normalidade e a sensação de choque insuperável, de convivência conflituosa. O bonde parece debochar da vida reclusa de Rosa que, por sua vez, parece lhe explicitar a parcialidade, a indiferença e a violência.

Há ainda outra imagem altamente sugestiva. Diz o narrador: "mas já na esquina a vendinha de seu Costa impedia Rosa de entrar na rua dos bondes". A "vendinha", apesar de sua aparente ingenuidade, é uma imagem representativa das contradições geradas pelo choque entre as temporalidades que estão sendo discutidas, bem como das inúmeras formas de exploração e opressão possibilitadas por esse convívio precário de fidelidade tradicional (que implica relações pessoais diretas e certa ausência da mediação do contrato e do direito) e a organização capitalista do trabalho e da vida. A princípio, a "vendinha" pertence ao domínio do pequeno estabelecimento tradicional, familiar, construído sobre o conhecimento e a confiança. Mas é também um comércio e, como tal, está situada no campo dos serviços urbanos dentro de uma lógica impessoal e moderna. No encontro das duas lógicas, definem-se atitudes e compromissos nem sempre confessáveis. Por exemplo, a sequência do trecho citado diz: "E seu Costa passava dos cinquenta, viúvo sem filhos pitando um cachimbo fedido. Rosa parava ali. A venda movia toda a dinâmica alimentar da existência de dona Ana, dona Carlotinha e dela". A informação é importante e comprometedora.

O fato de a vendinha movimentar "toda a dinâmica alimentar" da vida das três é sinal de uma vida simples, pacata, de quem se contenta com pouco, assim como sinal de confiança mútua entre as tias e o comerciante que lhes oferece um pequeno crédito em sua loja, mas também é sinal de dependência, imposta pela falta de opção e pela necessidade de adiar e parcelar o pagamento. Não parece excessivo inferir que a famigerada "caderneta", comum às mercearias das fazendas de café que também "dominavam toda a dinâmica alimentar" dos trabalhadores, mantendo-os sob o domínio do fazendeiro, exista e controle as relações de compra e venda representadas tão sugestivamente no conto, ressalvando-se, claro, as evidentes e imensas diferenças que há entre o poder de um latifúndio e as manobras abusivas de um pequeno comerciante.

Assim, a vendinha, em certa medida, faz uma mediação torta entre o mundo pré-urbano da viela e o mundo moderno da rua dos bondes; mediação porque é, ao mesmo tempo, moderna (como comércio) e tradicional (a caderneta, o fiado, a confiança, a dependência); e torta porque, ao invés de possibilitar o contato entre os mundos, estabelece uma cisão profunda que mantém Rosa confinada. E mais, porque a junção de moderno e tradicional permite a seu Costa o domínio sobre quase todo o limitado poder de compra daquela família, o que facilita o estabelecimento de formas variadas de abuso e exploração.

Em síntese: por um lado, o grande movimento (a modernização) desqualifica a vida das personagens, relegando-as à "insignificância", mas, por outro, a vida da periferia relativiza o "progresso", revelando seus limites e interesses: a lógica do privado, a especulação, a busca do lucro fácil, o abuso, a intensa exploração do trabalho, a indiferença com as populações mais pobres, a ausência de regulação pública etc.

Outro procedimento recorrente nos contos que reforça esse argumento é a utilização de imagens da modernidade e do progresso pelo avesso:

Ellis nem pôde tratar do enterro. Não é que estivesse penando muito mas o caroço tinha dado de crescer no lado esquerdo agora. Na véspera tivera uma vertigem, ninguém sabe por quê, junto do filho morrendo. Foi pra cama com febrão de quarenta-e-um no corpo tremido.

Era a tuberculose galopante que, sem nenhum respeito pelas regras da cidade, estava fazendo cento-e-vinte por hora na raia daquele peito apertado. ("Túmulo, Túmulo, Túmulo", p. 99.)

O trecho acima é desbragadamente irônico. A "tuberculose galopante", com rapidez e eficácia "modernas", alastrava-se impulsionada pela precariedade das condições de vida e moradia de Ellis. Ele e sua família, depois de morarem na "lonjura da Casa Verde", foram morar perto da casa de Belazarte, num porão cuja precariedade espantou o ex-patrão ("depois eu vi o porão, que coisa! Todos morando no buraco de tatu"[3]). A miséria arrasadora a que estavam submetidos destrói metodicamente as tentativas de Ellis de sair da esfera da dependência e do trabalho doméstico: fracassa o desejo de ser chofer de táxi (que, no contexto, é um símbolo de autonomia e modernização), morre a esposa, morre o filho, morre Ellis. A miséria, com eficácia implacável, coloca em seu devido lugar as aspirações de trabalho e de alguma dignidade que fosse construída por meio do esforço e do mérito pessoal.

Note-se ainda que a tuberculose, ao fazer "cento-e-vinte por hora na raia daquele peito apertado", leva ao extremo a aceleração que a vida urbana pressupõe e acaba por se configurar ironicamente como uma consequência da desigualdade e da pobreza que figuram no seio das "regras da cidade" que sua vertiginosa velocidade desrespeitaria.

Aliás, esse aproveitamento estético da contingência, ao depurá-la literariamente, denuncia a face ideológica de um discurso que começava a tomar corpo nos anos 1920, e que conheceria seu apogeu nos anos 1950, 1960 e parte dos 1970: a imagem de São Paulo como a "terra brasileira das oportunidades". Ao invés de um campo aberto de possibilidades, a cidade parece mais um cerco de contingências. Sua estrutura fragmentada, a segregação espacial, a comunicação precária entre os bairros pobres e o centro etc. acabam por impor dificuldades quase intransponíveis, decretando a falta de saída a vidas já tão cerceadas. A espoliação econômica e social é potencializada pela espoliação urbana, ao invés de ser minimamente compensada por uma estrutura pública, por sinal, praticamente inexistente.

Percebe-se nos contos, portanto, uma apreensão dinâmica do processo de modernização, na qual o atraso é parte constitutiva e

---

3. "Túmulo, Túmulo, Túmulo", p. 96.

problemática do progresso, afastando-se tanto de uma perspectiva dicotômica da realidade brasileira, que encarasse o progresso e o atraso como polos opostos e sugerisse, para o perfeito desenvolvimento social, a eliminação do "resíduo arcaico", quanto de uma apreensão mítica que encarasse a mistura de progresso e atraso como algo positivo, potencialmente revolucionário e definidor de nosso modo de ser, da identidade nacional.

Dessa forma, contrapostos à crença no progresso, os contos enfatizam a contingência, o circunstancial. Voltam-se à narração de eventos, vidas e situações que seriam, de um ponto de vista que defendesse exclusivamente o progresso técnico, pouco relevantes e pouco significativas: casos miúdos do dia a dia da gente pobre, vivendo em condições precárias que seriam (dessa perspectiva, evidentemente) definitiva e necessariamente transformadas pelo processo de modernização. No entanto, quando considerados os choques e os contrastes que constituem a dinâmica das narrativas, no lugar da contingência surge uma obra calculada, cujo objetivo não era simplesmente olhar, descrever e registrar o que estava acontecendo e aquilo que estaria prestes a desaparecer. Ao contrário, esses procedimentos constituem uma forma, em sentido forte, cuja dinâmica não é nada óbvia, requerendo, portanto, caracterização.

Desde já, contudo, convém assinalar que, seguindo os princípios da crítica de orientação dialética, a categoria *forma* é tomada aqui em dois sentidos: como princípio de composição das narrativas e como estilização da dinâmica profunda do processo de modernização brasileiro, visto da periferia de São Paulo[4]. Não se pretende com isso afirmar que *Os Contos de Belazarte* constituem uma realização comparável às obras de Machado de Assis. O que se pretende apenas é chamar a atenção para o fato de que os contos encerram uma realização consciente que problematiza algumas das dificuldades e desafios inerentes à representação literária no Brasil. É neste lugar, de obra problemática,

---

4. Aqui a referência evidente é Roberto Schwarz em *Um Mestre na Periferia do Capitalismo* (pp. 17-18).

mas também problematizadora que *Belazarte* parece dever figurar. Por isso, o que ainda resta discutir, além da própria configuração formal das narrativas, é em que medida essa configuração convence, ou, em outras palavras, em que medida a tentativa de representação estética da modernização paulistana empreendida nos contos é bem-sucedida.

UM PRINCÍPIO FORMAL

Como foi discutido no capítulo anterior, uma das marcas narrativas mais importantes de *Os Contos de Belazarte* é o uso intensivo do discurso oral, que redunda na duplicação dos narradores (o oral e o escrito), explicitada pela rubrica "Belazarte me contou".

A proximidade com o oral, por um lado, tende a reforçar a contingência, a aparência de apego imediato à circunstância e ao pitoresco, mas, por outro, quando colocada em seu devido lugar no projeto do escritor e vista a partir de sua realização no conjunto das narrativas que compõem o livro, resulta num elemento fundamental para entender as soluções formais que estão propostas nesses contos.

Um primeiro aspecto relevante é que o uso consequente do discurso oral, ao aproximar a narração do modo de contar próprio da tradição oral e popular, acaba por impregnar os contos de aspectos da narrativa de tipo tradicional, fruto do conhecimento extraído diretamente da experiência coletiva. Além disso, vale lembrar que, como foi discutido no capítulo anterior, Belazarte surge como um dos debatedores nas "Crônicas de Malazarte", como antagonista ao grande otimismo da personagem que dá título às crônicas, o qual, por sua vez, liga-se, entre outras referências, a Pedro Malasartes, personagem importante de narrativas orais populares (brasileiras e ibéricas).

Num conhecido estudo, o crítico alemão André Jolles[5] argumenta que uma "forma simples" é aquela na qual a lin-

---

5. Jolles, 1976 (capítulo "O Conto", pp. 181-203).

guagem "permanece fluida, aberta, dotada de mobilidade e de capacidade de renovação constante", de modo que não se constitui a partir de "palavras de um indivíduo", nem tem em um autor individual "a força executora que daria à forma uma realização ímpar, conferindo-lhe seu cunho pessoal". Ao contrário, "a verdadeira força de execução é a linguagem, na qual a forma recebe realizações sucessivas sempre renovadas", ou, em outras palavras, constitui-se a partir de "palavras próprias da forma, que de cada vez e da mesma maneira se dá a si mesma uma nova execução". Fato que distingue a "forma simples" do que Jolles chama de "forma artística", na qual se observam as marcas da criação individual, e que se constitui a partir das "palavras próprias do poeta, que são a execução única e definitiva da forma".

Partindo dessa premissa, o autor especifica as características definidoras de um tipo de narrativa cuja estrutura se assemelha à das histórias dos irmãos Grimm: uma narrativa que trabalha com o maravilhoso, com mitos e lendas da tradição popular, e que o crítico denomina, simplesmente, *Conto*. Segundo Jolles, "as coisas se passam nessas histórias como gostaríamos que acontecessem no universo, como deveriam acontecer". O estado de coisas apresentado no início dos Contos não é, necessariamente, "imoral em si mesmo", mas "cria um sentimento de injustiça – injustiça que deve ser reparada". Nesse sentido,

[...] tudo o que o Conto significa, simplesmente, é que o nosso sentimento de justiça foi perturbado por um estado de coisas ou por incidentes, e que uma outra série de incidentes e um acontecimento de natureza peculiar satisfizeram em seguida esse sentimento, voltando tudo ao equilíbrio[6].

Essa ideia subjacente à forma de que "tudo deva passar-se no universo de acordo com nossa expectativa" é central, na opinião do crítico, para a compreensão da disposição mental específica

---

6. Jolles, 1976, p. 199.

do Conto, baseada no que Jolles define como "ética do acontecimento" ou "moral ingênua"[7]:

[...] existe no Conto uma forma em que o acontecimento e o curso das coisas obedecem a uma ordem tal que satisfazem completamente as exigências da moral ingênua e que, portanto, serão "bons" e "justos" segundo o nosso juízo sentimental absoluto[8].

Assim, conforme argumenta o autor,

[...] a forma do Conto é justamente aquela em que a disposição mental em questão se produz com seus dois efeitos: a forma em que o trágico é, ao mesmo tempo, proposto e abolido. [...] Sevícias, desprezo, pecado, arbitrariedades, todas essas coisas só aparecem no Conto para que possam ser, pouco a pouco, definitivamente eliminadas e para que haja um desfecho em concordância com a moral ingênua. Todas as mocinhas pobres acabam por casar com o príncipe que devem desposar, todos os jovens pobres têm sua princesa; e a morte, que significa, em certo sentido, o auge da imoralidade ingênua, é abolida do Conto: "se eles não estão mortos, ainda vivem[9].

Por isso, na medida em que "o Conto opõe-se radicalmente ao acontecimento real como é observado de hábito no universo", de modo que "o maravilhoso não é maravilhoso, mas natural", "a ação localiza-se sempre 'num país distante, longe, muito longe daqui', passa-se 'há muito, muito tempo'", pois a "localização histórica e o tempo histórico avizinham-no da realidade imoral e quebram o fascínio do maravilhoso natural e imprescindível"[10].

---

7. Jolles define a "moral ingênua" da seguinte forma: "o nosso julgamento de ética ingênua é de ordem afetiva; não é estético, dado que nos fala categoricamente; não é utilitarista nem hedonista, porquanto seu critério não é o útil nem o agradável; é exterior à religião, visto não ser dogmático nem depender de um guia divino; é um julgamento puramente ético, quer dizer, absoluto" (*Idem*, p. 200).
8. *Idem, ibidem.*
9. *Idem*, pp. 200-201.
10. *Idem*, pp. 202-204.

Os pontos de contato entre *Os Contos de Belazarte* e a *forma simples* apresentada acima são visíveis, bem como evidentes as diferenças. Por um lado, a construção de um narrador oral que conta histórias tiradas do dia a dia, de sua própria experiência ou da experiência de pessoas próximas, dá aos contos algo de "criação espontânea", de histórias inspiradas diretamente nas "vozes do povo". Outro ponto importante é que os contos parecem o tempo todo apelar também para nossa "moral ingênua", apresentando histórias que, de modo geral, despertam imediatamente no leitor a sensação de injustiça, de situação que precisa ser reparada. A pobre Rosa, vivendo sequestrada do mundo, uma "freirinha" confinada aos afazeres domésticos de sua vida de "cria da casa" das tias solteironas; o pobre João, padeirinho pobre, esforçado e bom moço que quer encontrar uma jovem para casar e é duas vezes preterido; os irmãos Aldo e Tino que entram em conflito pelo amor de uma vizinha, destruindo a antiga união que havia entre eles; as duas mulheres solitárias, Nízia Figueira e Prima Rufina, vivendo apartadas do mundo numa chácara; o professor de música do conto "Menina de Olho no Fundo" que perde o emprego por capricho de uma aluna; o pobre Ellis lutando contra a miséria e tentando, por meio do esforço e do trabalho, construir uma vida para ele, sua esposa e filho; e, talvez no pior dos casos, Paulino, um menino de quatro anos que vive a miséria em várias dimensões: a fome, o abandono, a falta de carinho e cuidado, a humilhação, numa série de injustiças e brutalidades já anunciada no título do conto ("Piá não Sofre? Sofre.").

A esses motes tão evidentemente "injustos" (do ponto de vista da *moral ingênua*) soma-se a presença de outra estrutura típica da forma do Conto, tal como analisado por Jolles: a presença de certa "moral da história", que, a partir da compensação moral, restabelece o sentimento de justiça em um final feliz, consumado no fecho tradicional: *e foram felizes para sempre*. Belazarte lança mão do fecho tradicional do Conto, mas com sinal invertido:

[...] Rosa não escutou nada. Bateu o pé. Quis casar e casou. Meia que sentia que estava errada porém não queria pensar e não pensava. As duas solteironas choravam muito quando ela partiu casada e vitoriosa sem uma lágrima. Dura.
Rosa foi muito infeliz. ("O Besouro e a Rosa", p. 23.)

Os rapazes principiaram olhando pra Carmela dum jeito especial, e ficavam se rindo uns pros outros. Até propostas lhe fizeram. E ninguém mais não quis casar com ela. E só se vendo como ela procurava!... Uma verdadeira... nem sei o quê! [...]
Só sei que Carmela foi muito infeliz. ("Jaburu Malandro", p. 47.)

Ou seja, verifica-se a mesma fatalidade do Conto, mas pelo avesso: ao invés de destinados à felicidade, à recompensa e ao restabelecimento da ordem e da justiça ingênuas, em *Belazarte* as personagens aparecem fadadas à infelicidade, ao sofrimento e à injustiça: Rosa não apenas não encontra seu príncipe como acaba casada com um "besouro", o bêbado Pedro Mulatão; Carmela vê frustrados seus sonhos de uma vida diferente daquela que as moças de sua idade e inserção social tinham, pois o "príncipe" que a resgataria desse lodo foge de mansinho, de madrugada, quando sente que o namorico começava a ficar mais sério e comprometedor. Ou ainda, a morte não só não é abolida como é sadicamente reposta e enfatizada, como que decretando a impossibilidade de superação da miséria, tal como ocorre em "Túmulo, Túmulo, Túmulo".

Portanto, se a forma do Conto está presente e afirmada em *Belazarte*, ao mesmo tempo, é negada e invertida. O tempo todo a estrutura está presente, mas com sinal trocado, não só não restabelecendo a justiça com base na *moral ingênua* como tornando a injustiça ainda mais grave e incontornável. A presença de elementos da *forma simples* cria no leitor uma expectativa de compensação que não vem; ao contrário, o sentimento de injustiça desenvolve-se num crescendo que culmina numa sensação de perplexidade, imobilidade e morte, comum ao desfecho de todas as narrativas. A mobilidade e a agilidade do relato de Belazarte chocam-se com a negatividade, o imobilismo, a inexorabilidade dos destinos apresentados, tornando ainda mais absoluto o reconhecimento do fracasso das personagens, do narrador e do mundo narrado, ao mesmo tempo em que acabam por amortecer parte da angústia que as narrativas poderiam suscitar.

Nos contos, vista da periferia de São Paulo, a compensação moral desaparece e nenhum conforto é oferecido ao sofredor e ao injustiçado. O narrador aponta a injustiça, reconhece-a, incomoda-se com ela, mas é como se, ao mesmo tempo, culpasse as personagens, expressando uma consciência problemática e contraditória que não consegue decidir se as personagens são vítimas, culpadas ou o quê. O resultado dessa oscilação é um discurso constitutivamente irônico, às vezes sádico, que se compadece e, ao mesmo tempo, vê o sofrimento como inexorável, senão como merecido.

APROXIMAÇÃO E DISTANCIAMENTO: PROBLEMATIZANDO O PONTO DE VISTA DE BELAZARTE

Nas histórias contadas por Belazarte, o sentimento de injustiça existe, mas se configura de maneira ambígua, uma vez que oscila em sua realização ao culpar a vítima, considerando-a, em certa medida, como responsável por sua própria miséria e desgraça. Assim, em um primeiro nível de leitura, acompanhando a perspectiva do narrador, os contos, por um lado, despertam uma sensação de injustiça a partir do apelo à *moral ingênua*, mas, por outro, deixam ao leitor a perplexidade de reconhecer o problema, mas não poder indignar-se verdadeiramente com o que lê, de forma que a sensação de injustiça é amortecida e esvaziada. Belazarte encerra a "injustiça" na mera contemplação da triste vida da gente pobre, cuja inconsciência e inferioridade, na visão do narrador, tornam o fracasso inevitável. Daí, portanto, a falta de compensação, a fatalidade e a inexorabilidade opressora que emana dos contos.

Além disso, vale frisar que, embora haja nuances, que serão discutidas adiante, o que está em jogo, neste caso, não é uma mera falha representativa, ou seja, uma falha da tentativa de construção de um modelo de realismo crítico capaz de representar a situação de miséria das classes populares na periferia de São Paulo. Isso porque a questão que está sendo problematizada é a difícil aproximação entre intelectual e classes populares e, também, a difícil constituição, devido à ausência de uma base histórica e política[11], de um discurso efetivamente crítico que fosse capaz de superar as "boas intenções" e o paternalismo, encarando os problemas sociais e políticos concretos da realidade brasileira.

Em outras palavras, em *Belazarte*, a atitude crítica só surge em sua dimensão efetiva quando questionamos o ponto de vista narrativo, tomando-o como objeto de desconfiança e análise. Assim, a crítica à realidade social representada realiza-se de forma indireta e só opera efetivamente se os preconceitos que o ponto de vista narrativo movimenta e a mentalidade que encarna forem postos em suspeição, um pouco como ocorre com os narradores de Machado de Assis, guardadas sempre as devidas proporções.

Como foi discutido, a relação de Belazarte com suas personagens e histórias é ambivalente, pois oscila entre a aproximação sincera e o distanciamento irônico. A própria escolha do foco e dos assuntos demonstra o interesse do narrador pela vida daqueles que ficavam à margem da modernização. Em muitos momentos, a aproximação com as personagens, suas histórias e dramas é tal que Belazarte chega mesmo a mimetizá-las (a esse respeito, note-se o uso intensivo do discurso indireto livre em todos os contos do livro). Por outro lado, o distanciamento é constantemente reposto, às vezes imediatamente após a identificação, por meio da ironia, do cômico, do sarcasmo, da ca-

---

11. A respeito dessa ausência de base histórica e política ver a seção 3 deste capítulo: "Matriz Histórica: Choque e Conjugação de Temporalidades no Processo de Modernização de São Paulo".

ricatura, da descrição grotesca, que rebaixam as personagens, parecendo torná-las ridículas ou, no mínimo, inferiores a Belazarte e mesmo, por extensão, ao narrador escrito e ao leitor que, em certa medida, tornam-se cúmplices do primeiro.

Esse movimento aponta para a ambivalência constitutiva da consciência de Belazarte, intelectual de classe média, interessado sinceramente na vida dos mais pobres, mas incapaz de efetivamente se aproximar das situações, valores e atitudes das personagens, ou, pelo menos, compreendê-los e considerá-los legítimos. Em poucas palavras, o distanciamento, além de ridicularizar o outro, também abre espaço para a percepção crítica do conjunto, quando o ponto de vista do narrador é problematizado[12].

Mas a relação entre Belazarte e o narrador que transcreve literariamente as histórias apresenta outras gradações. O que fica evidente é que Belazarte é o mais próximo das personagens, aquele que as conhece e que, em alguma medida, conviveu com elas, enquanto o narrador escrito parece ser apenas um observador externo, uma espécie de pesquisador – ou mesmo de cronista – que tem em Belazarte sua principal fonte. O narrador literário é mais distante, o que é um limite, na medida em que ele apenas observa as histórias de forma exterior e em "segunda mão", mas também uma vantagem, pois, desse modo, é capaz de deixar indícios que ajudam a problematizar o olhar de Belazarte. A mesma coisa pode ser dita sobre Belazarte, só que de forma invertida: sua proximidade é uma vantagem, pois ele conhece as histórias e as conta quase como quem as viveu, como quem as conhece por experiência própria, mas também é um limite, pois acaba induzindo-o a escorregar nos próprios preconceitos de classe que, de sua perspectiva, não estão problematizados. Dessa forma, a duplicação dos narradores surge como forma de problematizar o ponto de vista narrativo que, por sua vez, faz-se necessário devido ao interesse de construir um discurso

---

12. Discutiremos mais detidamente essas questões no próximo capítulo, durante a análise dos contos.

sobre o outro da modernização (nunca é demais lembrar que essa duplicação será utilizada também em *Macunaíma*, embora com resultados e realização diferentes daquilo que se observa nos contos).

É dessa perspectiva, portanto, que se pode entender o sentido do caráter exemplar dos contos: personagens que ousaram se insubordinar à sua condição social e ao destino a elas definido e que pagaram um alto preço por isso: o fracasso, a infelicidade. Nesse sentido, os contos são exemplos do que não se deve fazer, uma lição de vida negativa, que acaba por misturar crítica social e condenação individual das personagens. Ou melhor, a leitura ancorada no ponto de vista de Belazarte, por mais que indique elementos que levem a uma percepção das contradições do processo, parece levar à condenação individual de personagens ignorantes e inconscientes que não souberam compreender e ocupar seu lugar, ousando desejar participar de algo que não era para elas.

Em síntese, quando se faz a crítica desse ponto de vista, a crítica ao processo de modernização surge em todos os embates, truncamentos e contradições que são expressos nos contos pelos choques de temporalidades, pelo aproveitamento e inversão da forma simples, pelo uso ao avesso de imagens ligadas à modernização e, sobretudo, pela consciência narrativa contraditória de Belazarte que expressa, de maneira decisiva, os desarranjos e as combinações insólitas e nefastas de rigor moderno e norma arcaica colonial no momento de expansão urbana de São Paulo nos anos 1920.

CONTO POPULAR, CONTO MODERNO

Como se procurou sustentar, a forma do conto popular está afirmada e negada em *Belazarte*. Os contos oscilam em sua constituição entre uma "forma simples", construída a partir do contato direto com as "vozes do povo", e que se apresenta como uma "criação espontânea" e "conhecida por todos", e a "forma artística", na medida em que, o tempo todo, observa-se também o trabalho da mão do artista, modificando a estrutura, frustrando expectativas e construindo uma representação das contradições da modernização paulistana a contrapelo do discurso oficial e de qualquer percepção eufórica do progresso. Além disso, essa oscilação formal redunda numa ambivalência entre a narração de experiências, de base comunitária e tradicional, e a comunicação, quase informativa, de vivências, cuja base é o indivíduo isolado, vivendo a fragmentação da vida nas grandes cidades.

Em dois trechos bastante conhecidos de "O Narrador", Walter Benjamin faz considerações que ajudam a dar mais um passo na caracterização dos contos:

O grande narrador tem sempre suas raízes no povo, principalmente nas camadas artesanais. [...] Comum a todos os grandes narradores é a facilidade com que se movem para cima e para baixo nos degraus de sua experiência, como numa escada. Uma escada que chega até o centro da terra e que se perde nas nuvens – é a imagem de uma experiência coletiva, para a qual mesmo o mais profundo choque da experiência individual, a morte, não representa nem um escândalo nem um impedimento[13].

Com efeito, "o sentido da vida" é o centro em torno do qual se movimenta o romance. Mas essa questão não é outra coisa que a expressão da perplexidade do leitor quando mergulha na descrição dessa vida. Num caso, "o sentido da vida", e no outro, "a moral da história" – essas duas palavras de ordem distinguem entre si o romance e a narrativa, permitindo-nos compreender o estatuto histórico completamente diferente de uma e outra forma. [...] numa narrativa a pergunta – e o que aconteceu depois? – é plenamente justificada. O romance, ao contrário, não pode dar um único passo além daquele limite em que, escrevendo na parte inferior da página a palavra *fim*, convida o leitor a refletir sobre o sentido de uma vida[14].

13. Benjamin, 1987, pp. 214-215.
14. *Idem*, pp. 212-213. Cabe ressaltar que, a rigor, romance não é conto e conto não é romance. Contudo, na medida em que interessa discutir aqui a distinção entre a narrativa tradicional e a narrativa moderna, a aproximação se justifica.

A experiência coletiva, a narrativa oral construída artesanalmente com suas raízes no povo, a divulgação de valores, histórias e acontecimentos que passam de pessoa a pessoa e que, por isso, configuram certo ensinamento, dando ao narrador a capacidade de aconselhar, estão, como se procurou indicar anteriormente, presentes nas narrativas de Belazarte. No entanto, o mundo descrito é um mundo já degradado, que já conhece a "nova miséria" surgida com o "monstruoso desenvolvimento da técnica"[15] que se sobrepôs ao homem, decretando a decadência da experiência e, consequentemente, na visão de Benjamin, da arte de narrar. Daí que a inocência e a tranquilidade nos contos, quando não são aparentes e enganosas, perderam sua "aura", desmerecidas que foram pelo avanço técnico. A comunidade aparece degradada e evanescente, prestes a se dissolver. Ao mesmo tempo, o processo histórico que desencadeia a degradação aparece ao fundo, sem força suficiente para se consumar.

Além disso, as narrativas, que encerram uma "moral da história" (ainda que "torta"), convidam também para a reflexão sobre o "sentido da vida". A pergunta sobre o que aconteceu depois vibra com uma nota forte ao final de cada conto, sempre desafinada pela perplexidade frente à descrição algo distanciada, algo irônica, algo perplexa de uma vida. As duas dimensões coexistem e persistem em todos os contos, sem que nenhuma, por isso mesmo, se realize plenamente.

Assim, as histórias contadas por Belazarte são criações arquitetadas, que "atacam" a realidade histórica em pontos específicos, fato que chama a atenção para o trabalho da mão do artista, para a obra individual; mas essas mesmas histórias carregam algo do "já sabido", do "já ouvido", do "conhecido por todos desde sempre", próprios do conto popular. Tal convivência confere aos contos uma forma de permanência altamente tensionada: à duração da obra individual, arquitetada, soma-se a duração própria da narrativa tradicional, voltada à descrição de situa-

---

15. Benjamin, "Experiência e Pobreza", 1987, p. 115.

ções humanas gerais e a-históricas e a ambas opõe-se a contingência da crônica, de historietas circunstanciais.

A rigor, cada um dos polos da oscilação entre "forma simples" e "forma artística", ou nos termos de Benjamin, entre a experiência e a vivência, entre o comunitário e o indivíduo isolado carrega em si outro momento da contradição: no primeiro polo, o Conto (tal como definido por Jolles, ligado à "moral ingênua"), convive com o "causo", que, como se sabe, é um tipo de narrativa oral, tradicional, quase imemorial, mas cuja realização nessas paragens vincula-se ao passado colonial (a despeito de permanecer comum mesmo nos dias de hoje, principalmente no interior do país). Algo semelhante, mas diferente, ocorre com a "forma artística", que apresenta certa cisão entre o conto moderno (nos termos de Benjamin) e a crônica.

Esses choques e combinações operam, na estrutura dos contos, como tensão entre os polos, uma vez que não chegam a realizar-se plenamente, como se procurará justificar a seguir e na análise dos contos no próximo capítulo. Assim, ainda mais uma vez, os contos obrigam a afirmar e a negar sua realização literária: afirmar, pois há soluções instigantes e conscientes que devem ser reconhecidas e que acabam por construir uma apreensão crítica razoavelmente sofisticada das contradições da realidade confrontada; e negar, pois, ao mesmo tempo, é inevitável reconhecer as limitações, que, para um olhar desatento, parecem situar os contos na esfera simples do experimentalismo e da busca apaixonada por novas formas de expressão.

De qualquer forma, resta discutir a especificidade dessas tensões, bem como por que a tentativa de representação de tipo realista dos bairros pobres da São Paulo dos anos 1920, empreendida por Mário de Andrade, para se realizar, fez uso de uma forma simples, aparentemente contrária ao interesse crítico-realista, próxima do maravilhoso e construída com base na moral ingênua. É essa discussão que permitirá, finalmente, ponderar aspectos das conquistas e dos limites expressivos de *Os Contos de Belazarte*.

MATRIZ HISTÓRICA: CHOQUE E CONJUGAÇÃO DE TEMPORALIDADES NO PROCESSO DE MODERNIZAÇÃO DE SÃO PAULO (A COLÔNIA, O CAMPESINATO, O PROLETARIADO)

Retomando o que foi discutido, o processo de modernização paulistano, tal como representado nos contos, apresenta-se como um caso no qual "o progresso é inegável, mas a sua limitação, que faz englobá-lo ironicamente com o atraso em relação ao qual ele é progresso, também"[16]. De modo geral, essa é a estrutura mesma da "modernização conservadora" brasileira, que, ao se realizar, não superou prerrogativas e privilégios consolidados, repondo estruturas de dominação arcaicas a partir das quais se fez e se construiu. É própria desse processo a combinação contraditória entre transformação e conservação, sendo a primeira expressa na modificação estrutural da organização geral da economia, do mercado de trabalho, da sociedade, da política, e a segunda, por sua vez, em certa reposição do atraso, de lógicas de organização, poder e domínio, a princípio, contrárias à modernidade e ligadas ao passado colonial, patriarcal e escravista.

Para começar a discutir os termos em que a modernização conservadora se apresentava nos anos 1920 em São Paulo, convém analisar o modo como se configurou o uso da mão de obra e a organização do trabalho no período da chamada República Velha (1889-1930). Nesse período, o processo de assalariamento, apesar de ter sofrido um forte incremento após a abolição, ocorreu de maneira truncada, visando, em certa medida, à manutenção da estrutura produtiva colonial das fazendas de café.

Em *O Cativeiro da Terra*, o sociólogo José de Souza Martins sustenta que, na medida em que a crise do regime escravista brasileiro fora determinada do exterior, ou seja, fora fundamentalmente produzida por modificações internacionais no comér-

---

[16]. R. Schwarz, "A Carroça, o Bonde e o Poeta Modernista", *Que Horas São?*, São Paulo, Companhia das Letras, 1997, p. 15.

cio de escravos e pela exigência de difusão do assalariamento vinda da crescente industrialização europeia, "o advento do trabalho livre teve que ocorrer como meio de preservar (e não mudar) a economia colonial [...] baseada em alguma forma de trabalho compulsório e não caracteristicamente baseada no pagamento de salário"[17].

Segundo Martins, o "regime do colonato" foi a solução encontrada para resolver o impasse. Esse regime combinava pagamento de salário com a produção da própria subsistência, de modo que a "reprodução da força de trabalho não era plena e exclusivamente mediada pelo comércio de mercadorias", dando ao trabalhador a impressão de que não trabalhava apenas para os outros, mas também para si mesmo[18].

Tal configuração montou uma determinada visão do trabalho que muito influenciou a concepção da nascente classe operária paulistana (com ecos perceptíveis até hoje), à qual o sociólogo denomina "ideologia da mobilidade pelo trabalho"[19]. De acordo com Martins, essa ideologia legitimava "a um só tempo a concepção camponesa da vida e a exploração burguesa do trabalho"[20]. Isso porque entendia a liberação do trabalhador como resultado do esforço pessoal e do trabalho penoso, de forma que cada trabalhador seria uma espécie de "patrão potencial

---

17. Martins, 1996, pp. 131-132. A respeito dessa pressão externa como determinante para as transformações sofridas pela economia brasileira até 1930, ver também o livro "clássico" de Celso Furtado, *Formação Econômica do Brasil*, especialmente capítulos XX ("Gestação da Economia Cafeeira") a XXXII ("Deslocamento do Centro Dinâmico") nos quais o economista analisa as evoluções da economia brasileira da segunda metade do século XIX (época em que a cafeicultura se consolidou e em que ocorreu a abolição) até as consequências gerais da crise de 1929, que redundou numa alteração fundamental do centro dinâmico da economia nacional, a saber, da ênfase no mercado externo, para a preponderância do mercado interno. Além disso, ver também *Crítica à Razão Dualista*, no qual o sociólogo Francisco de Oliveira reavalia certas conclusões de Celso Furtado, propondo outro olhar sobre os fenômenos econômicos brasileiros a partir de uma perspectiva materialista-dialética.
18. Martins, 1996, p. 132.
19. *Idem, ibidem.*
20. *Idem*, p. 131.

de si mesmo"[21]. Dessa forma, a riqueza não aparecia como produto do trabalho explorado do trabalhador, mas como resultado da perseverança e das privações do próprio burguês, constituindo-se – nas palavras de Martins – numa espécie de "redenção original do capitalismo"[22].

O paternalismo daí resultante é bastante evidente: estavam repostas, na situação do trabalho assalariado nas fábricas, a sujeição pessoal e a legitimação do privilégio do proprietário. O trabalho, menos do que um fato social de produção de riqueza, baseado na exploração de uma classe pela outra, aparecia como uma espécie de "dádiva" distribuída pelo capitalista, uma vez que empregar não significava explorar para fins privados, mas ser solidário com os desejos e aspirações do trabalhador[23].

Ou seja, essa ideologia constituía-se como um arranjo inusitado de aspirações camponesas (ligadas à experiência e às expectativas dos imigrantes europeus e expressas, no caso, pela estrutura do colonato e pela "promessa" de liberação por meio do esforço pessoal), de reposição de formas de dominação colonial (como a tutela patriarcal e a correlata dependência pessoal) e de acumulação capitalista, tudo concorrendo para o bom funcionamento desta última. Por isso, apesar das várias revoltas, greves e mobilizações, o paternalismo mantinha uma forte presença em todas as esferas da vida social (nas relações pessoais, de trabalho, com o Estado), impedindo a consolidação de uma representação operária, popular, legítima e livre, bem como a constituição de um espaço público em que a alteridade fosse minimamente reconhecida. Ao invés disso, impunha a tutela es-

---

21. *Idem*, p. 133.
22. *Idem, ibidem*. Exploração industrial combinada com aspirações de dignidade camponesa: retomando a crônica "O Diabo", comentada no capítulo anterior, não estaríamos aqui também diante de outro caso em que o diabo surge travestido de "boa moça"? Se for assim, o diabo parece encarnar também o movimento do capital no Brasil, cheio de artimanhas, ilusões, embustes, destinados a promover a exploração e a acumulação em larga escala.
23. *Idem*, pp. 133-134. "Tal solidariedade enfatiza antes o que é comum a pessoas vinculadas a classes diferentes e opostas, obscurecendo o que é comum e característico de cada classe."

tatal das organizações sindicais e a dependência direta do empregado pelo empregador, ambas justificadas pelos mecanismos expostos acima e que redundavam no esvaziamento – ou, pelo menos, no amortecimento – dos conflitos de classe.

Aliás, esse é, provavelmente, o caminho para a compreensão de uma questão intrigante em *Os Contos de Belazarte*: a quase completa ausência da classe operária, presente apenas – e de modo marginal – nas figuras dos irmãos Aldo e Tino, do conto "Caim, Caim e o Resto", ambos pedreiros. As narrativas apresentam uma colcha de retalhos de condições sociais de pobreza e não a experiência de exploração da classe operária propriamente dita. Isso porque, como foi discutido acima, apesar de as classes trabalhadoras começarem a demonstrar publicamente na época uma crescente capacidade de mobilização e organização (como atesta a grande greve geral de 1917), sua situação concreta impossibilitava um franco enfrentamento público com os interesses que conduziam a "substituição" de classes dominantes no Brasil da República Velha[24]. A dificuldade de estabelecer o enfrentamento direto somada à articulação entre acumulação industrial capitalista e formas variadas de reposição do arcaico[25] dificultou sistematicamente a configuração social das classes trabalhadoras como vanguarda das classes populares brasileiras.

Ao que tudo indica, é essa configuração histórica que permite compreender o fato de o proletariado não ocupar lugar na re-

24. Cf. Oliveira, 1987: "Do ponto de vista da articulação interna das forças sociais interessadas na reprodução de capital, há somente uma questão a ser resolvida: a da substituição das classes proprietárias rurais na cúpula da pirâmide do poder pelas novas classes burguesas empresárias industriais. As classes trabalhadoras em geral não têm nenhuma possibilidade nesta encruzilhada: inclusive a tentativa de revolução, em 1935, refletirá mais um momento de indecisão entre as velhas e novas classes dominantes que uma possibilidade determinada pela força das classes trabalhadoras" (p. 38).
25. Essa conjugação, segundo Francisco de Oliveira, redundou, nas cidades, na formação de um setor de serviços urbanos de baixíssima capitalização, e no campo, em uma agricultura "primitiva" de subsistência que garantia a oferta de alimentos baratos aos trabalhadores, ambos baseados no uso intensivo de mão de obra barata e fundamentais para a acumulação de capital no setor industrial (cf. *idem*, pp. 14-36).

presentação literária dos anos 1920, aparecendo nela, como no caso de Os Contos de Belazarte, de modo marginal, desfocado, compartilhando uma mesma tragédia urbana com outros setores populares. Além disso, é também o elemento fundamental para se compreender a cisão da consciência de Belazarte, que, como foi discutido, oscila entre um interesse sincero pela condição das personagens e um distanciamento irônico, frequentemente, debochado e presunçoso que repõe, na situação narrativa, sua pretensa superioridade de classe.

Assim, a combinação de experiência e vivência, de vida comunitária e indivíduo isolado, de trabalho manual, artesanato e progresso técnico que permeia todas as narrativas de *Belazarte* e que se constitui, no plano formal, como oscilação entre a formas narrativas tradicionais e modernas, liga-se, intrinsecamente, a um processo histórico desigual e combinado, no qual a modernidade, para se realizar, combinou aspirações camponesas pré-capitalistas, dominação pessoal de tipo colonial e o modo industrial de exploração do trabalho. Nas palavras de Francisco de Oliveira:

[...] a expansão do capitalismo no Brasil se dá introduzindo relações novas no arcaico e reproduzindo relações arcaicas no novo, um modo de compatibilizar a acumulação global, em que a introdução das relações novas no arcaico libera força de trabalho que suporta a acumulação industrial-urbana e em que a reprodução de relações arcaicas no novo *preserva* o potencial de acumulação liberado *exclusivamente* para fins de expansão do próprio novo. Essa forma parece absolutamente necessária ao sistema *em sua expressão concreta no Brasil*, quando se opera uma transição tão radical de uma situação em que a realização da acumulação dependia quase que integralmente do setor externo, para uma situação em que será a gravitação do setor interno o ponto crítico da realização, da permanência e da expansão dele mesmo[26].

Assim, para citar ainda uma vez Francisco de Oliveira,

---

26. *Idem*, p. 36 (grifos do autor).

[...] a implantação das novas relações de produção no setor estratégico da economia tende, por razões em primeiro lugar históricas, que se transformam em razões estruturais, a perpetuar as relações não-capitalísticas na agricultura e a criar um padrão não capitalístico de reprodução e apropriação do excedente num setor como o dos serviços. A "especificidade particular" de um tal modelo consistiria em reproduzir e criar uma larga "periferia" onde predominam padrões não-capitalísticos de relações de produção, como forma e meio de sustentação e alimentação do crescimento dos setores estratégicos nitidamente capitalistas, que são a longo prazo a garantia das estruturas de dominação e reprodução do sistema[27].

Em linhas gerais, era essa a situação concretamente ambígua em que viviam as classes populares em São Paulo. Debruçado sobre essa matéria histórica, Mário de Andrade transpõe esteticamente essa ambiguidade, que se revela nos contos tanto no nível do assunto quanto no da construção. Nesse sentido, podemos dizer que, um pouco à semelhança de *Memórias de um Sargento de Milícias* (segundo a análise de Antonio Candido na "Dialética da Malandragem"), *Os Contos de Belazarte* são *representativos*, na medida em que são construídos segundo o "ritmo geral da sociedade" paulistana nos anos finais da República Velha. Assim, para citar Candido,

[...] não é a representação dos dados concretos particulares que produz na ficção o senso da realidade; mas sim a sugestão de uma certa generalidade, que olha para os dois lados e dá consistência tanto aos dados particulares do real quanto aos dados particulares do mundo fictício[28].

Ou seja, da perspectiva da crítica dialética, ao invés da leitura depreciativa que vê nos contos simples literatura de circunstância, em sentido lato, chega-se a uma definição crítica de ordem diferente: o circunstancial em *Belazarte* opera na chave da re-

---

27. *Idem*, p. 44.
28. Candido, 2004, p. 38.

presentação, que o alça, portanto, a um nível muito diferente da simples contingência, do interesse documentário e da mera datação.

No entanto, como foi afirmado desde o início, apesar das conquistas do livro serem fundamentais e do fato deste trabalho ter por objetivo repensar *Belazarte* a partir do pano de fundo de uma herança crítica, de modo geral "negativa" (o que tende a levar a um acento maior nos aspectos positivos da realização literária), é forçoso e fundamental discutir alguns dos limites dessa realização.

CONQUISTAS E LIMITES: DILEMAS DA REPRESENTAÇÃO LITERÁRIA NO BRASIL

Considerando o que foi discutido, o modo como o processo de modernização brasileiro se fazia criava uma série de problemas para o estabelecimento do modelo de realismo crítico a ser adotado na representação literária. Isso porque, por aqui, os conflitos tendiam a ser amortecidos, a exploração não se expressava claramente, surgindo, ao contrário, travestida de formas de autossustento e de promessas de autorredenção. Além disso, o arcaico surge como momento constitutivo do moderno, de forma que "novo" e "velho" fazem parte de uma mesma estrutura econômica, na qual a acumulação de capital no setor "avançado" não podia prescindir do "atrasado". O processo, por assim dizer, ficava pela metade, nada parecia atingir as vias de fato, o discurso sempre parecia apartado da realidade por algum tipo de abismo inescrutavel. A transformação ocorria, mas combinada com conservação, de forma que, embora houvesse mudança (e muita!), não se chegava efetivamente à superação de antigas formas de poder, de organização e das desigualdades.

Assim, a matéria histórica, em sua complexidade rebaixada (quando contraposta ao processo nos países centrais), dificultava o estabelecimento da medida da vontade individual a ser representada na literatura, da medida dos conflitos a serem encenados e dos mecanismos de exploração a serem descobertos e revelados. Confrontados com esse quadro, os escritores brasileiros da época que estavam interessados em buscar um modelo de realismo crítico para a expressão literária (como Mário de Andrade e Alcântara Machado[29]) enfrentaram inúmeras dificuldades que redundaram em tentativas importantes, finamente intuídas, mas limitadas.

No caso de *Os Contos de Belazarte*, a inexorabilidade dos destinos das personagens, por exemplo, aponta para certas conquistas expressivas, mas também aponta certos limites da realização dos contos. No campo das conquistas, o tratamento literário da pretensa inexorabilidade levou a certo enfrentamento da perspectiva de classe que conduz as narrativas, além de jogar luz sobre um problema que não foi superado na época: como representar literariamente a ausência de reconhecimento histórico das classes populares como sujeito e como um "outro" frente à lógica dominante e aos rumos do processo de modernização?

Já no campo dos limites, ao fazer pesar uma excessiva determinação exterior sobre as vidas das personagens, os contos acabam por torná-las quase títeres, presas a determinações insuperáveis que acabam por aproximá-las da caricatura ou reduzi-las a meros tipos. Mas a expressão não chega efetivamente a se concentrar na construção desses tipos, de forma que as personagens acabam um pouco esvaziadas, oscilantes entre a representação individual e a representação caricatural. O resultado, em alguns casos (como ocorre com Rosa, João e Carmela, por exemplo), é uma "observação um tanto displicente, objetiva demais, irônica apenas, de espectador" (para usar os termos de Sérgio Milliet no texto citado no primeiro capítulo), de modo que o tratamento da visão de classe do narrador oscila entre a problematização crítica e a expressão direta não problematiza-

---

29. A respeito desse interesse em Alcântara Machado, ver a tese de Sérgio de Carvalho, *O Drama Impossível*.

da. Fica, por isso, uma sensação de caricatura pretensiosa, que, por mais bem intencionada que fosse, não chegou efetivamente, em sua própria forma e realização, a problematizar a perspectiva de classe encenada. Em outros casos, no entanto – como nos contos "Túmulo, Túmulo, Túmulo" e "Piá não Sofre? Sofre." – a expressão ganha força, permitindo situar essas narrativas entre as melhores da contística modernista.

Daí o aspecto de esforço experimental, de busca de novas formas de expressão que também emana dos contos. Por isso, em vários momentos anteriores, a mesma encruzilhada foi apresentada: *Belazarte* exige que se afirme e se negue a realização literária dos contos.

Aliás, as falhas de construção das narrativas parecem apontar em duas direções diferentes e, em certa medida, complementares: primeiro para certos limites do próprio autor na busca de uma forma literária capaz de representar a realidade que confrontava, mas também para limites impostos pela própria matéria histórica brasileira, no geral, e paulistana, em particular. Lembrando Roberto Schwarz, em *Um Mestre na Periferia do Capitalismo*:

[...] segundo a boa teoria de Adorno, quanto mais alto o nível, menos contingentes as fraquezas artísticas de uma obra. Estas deixam de remeter a limitações do próprio autor, para indicarem impossibilidades objetivas, cujo fundamento é social. Aos olhos do crítico dialético a fratura da forma aponta para impasses históricos. Sem prejuízo do sinal esteticamente negativo, ela representa um fato cultural de peso, quer requer interpretação por sua vez[30].

Belazarte fica entre as duas possibilidades apresentadas pelo crítico: suas falhas indicam "impossibilidades objetivas", mas também remetem a certos limites do próprio autor, que, por sua vez, não podem ser entendidos de maneira dissociada dos "impasses históricos" que Mário de Andrade confrontava. Por

---

30. Schwarz, 2000, p. 171.

mais que a experiência literária (bem como toda experiência cultural) seja "um repositório das aspirações humanas", sua realização ocorre em meio a mediações concretas, sobre as quais, independentemente do talento ou do esforço (algumas vezes descomunal), o escritor poderia se elevar. A fratura de sua produção é momento dialético da fratura de sua consciência que, por sua vez, é mediada por contradições sociais, todas caminhando para o impasse.

Não se pretende com isso, obviamente, afirmar que as eventuais deficiências de Mário de Andrade fossem devidas direta e unicamente à realidade brasileira. Nada seria mais simplista, mecanicista e enganoso. Como procuramos enfatizar, a questão é observar dialeticamente essas relações, procurando reconhecer o lugar de cada uma no conjunto tenso, contraditório e instigante da produção mariodeandradina em sua relação com a produção artística da época e com a realidade histórica e social brasileira.

4
Análise dos Contos

Como vimos, o aspecto circunstancial de *Belazarte*, mais do que índice de apego à descrição pretensamente objetiva ("jornalística") ou à documentação de um determinado momento histórico, vincula-se às intenções de crítica e de construção cultural que figuram no centro da concepção estética de Mário de Andrade, um autor para quem a arte nunca foi pensada de forma descolada dos desafios e problemas históricos e sociais com que se defrontava e com todas as eventuais "vantagens" e "problemas" que disso decorrem.

Um pouco à maneira do teatro de Brecht, Mário de Andrade, em *Os Contos de Belazarte*, por meio da procura de uma "aderência imediata à vida", "não reproduz condições, mas as descobre"[1], não documenta um momento da evolução urbana de São Paulo, mas capta contradições e o sentido do processo de modernização paulistano, anos (ou, em alguns aspectos, dé-

1. Benjamin, "Que é o Teatro Épico?: Um Estudo sobre Brecht", 1985, pp. 80-81.

cadas) antes das formulações mais importantes realizadas pelos principais autores do pensamento social brasileiro.

Nos contos, a permanência de estruturas ligadas ao passado colonial colabora para a constituição de um mundo travado, no qual os conflitos não se consumam, de modo que as personagens e situações representadas são marcadas pelo imobilismo e pela falta de perspectivas. Esse processo, que modela o conteúdo, ordena internamente o tecido narrativo dos contos, determinando sua estrutura. A convivência histórica de ritmos incongruentes e a permanência do atraso e do mundo colonial como momento constitutivo do progresso aparecem na estrutura narrativa como oscilação entre um modo pré-capitalista e a-histórico de contar estórias e tirar delas lições de vida por meio da comunicação de experiências de cunho coletivo, e o modo moderno de narrar, centrado no indivíduo isolado, vivendo a fragmentação e a mercantilização da vida.

Diferentemente do que ocorre na obra de outros modernistas, não se vislumbra o esvaziamento nem a sublimação dos antagonismos de classe na expressão de um todo tenso, mas harmonioso e peculiar. O "mutismo inerente à unilateralidade das relações coloniais e depois imperialistas, e inerente também à dominação de classe nas ex-colônias"[2], é matéria sempre presente, ordenando, no limite, a própria relação de Belazarte e do narrador com as personagens das quais se ocupam. Como vimos, embora voltado para os mais pobres e declaradamente simpático aos seus dilemas, Belazarte, em nenhum momento, confunde-se com eles. A aproximação é sempre relativa e incompleta, pois a todo momento a diferença social é marcada, repondo um distanciamento, por assim dizer, presunçoso.

De fato, não há nos contos qualquer compensação para a pobreza; e a injustiça, além de não ser reparada, aparece como consequência naturalizada das relações sociais e da condição das personagens. Se a vivacidade da narração mascara o arbítrio, o imobilismo das personagens o denuncia. Os momentos de ple-

2. Schwarz, 1997, p. 27.

nitude, quando existem, são fugazes e malogrados, reforçando a ironia e repisando os limites já em si tão estreitos das personagens:

> Não carece a gente ser de muitos livros, nem da alta, pra inventar a poesia das coisas, amor sempre despertou inspiração... Ora você há-de convir que aqueles encontros na cerca tinham seu encanto. Pra eles e pros outros. Ali estavam mais sós, não tinham irmãos em roda. Pois então podiam passar muitos minutos sem falar nada, que é a melhor maneira de fazer vibrar o sentimento. Os que passavam viam aquele par tão bonito, brincando com a trepadeira, tirando lasca do pau seco... Isso reconciliava a gente com a malvadeza do mundo.
> – Sabe!... a Carmela anda namorando com o João!
> – Sai daí, você!... Vem contar isso pra mim! Pois si até fui eu que descobri primeiro!
> Pam!... Pam!... Pam!... Pam!... Pampampam!... toda a gente correu na esquina pra ver. O carro vinha a passo. ("Jaburu Malandro", p. 33[3].)

Era o circo que chegava para revirar a vida e os namoros de Carmela, iniciando a derrocada dos sonhos adolescentes da jovem italianinha.

Neste capítulo, os contos serão discutidos mais de perto, numa tentativa de complementar o movimento (que predominou nos dois últimos capítulos) de olhar para o conjunto do livro. A análise realizada, menos do que um exame exaustivo, busca interpretar, em cada um dos contos, aspectos que são especialmente definidores de sua realização. Tendo isso em vista, os contos foram reunidos em três grupos:

1. *A ingenuidade sem valor e a malandragem sem brilho*: "O Besouro e a Rosa" e "Jaburu Malandro". Os dois primeiros contos do livro apresentam assuntos e desdobramentos próximos, de modo a dialogar diretamente: em ambos, as protagonistas

---

3. Todas as citações dos contos feitas neste capítulo referem-se à edição: Mário de Andrade, *Os Contos de Belazarte*, 4. ed., São Paulo, Martins, 1956.

são jovens que, por motivos diferentes, têm sua infelicidade decretada por complicações e desencontros amorosos; além disso, o padeiro João é personagem de ambas as narrativas;

2. *"Choque de classes"*: "Túmulo, Túmulo, Túmulo" e "Menina de Olho no Fundo". Em ambos, encontramos um fundo de envolvimento emocional subordinado às relações de classe e poder. Mas com um importante contraponto: enquanto, no primeiro caso, Belazarte é patrão, no segundo, o olhar narrativo tende a se identificar com Carlos, o protagonista da história, um professor que acaba sofrendo "injustamente" pelos caprichos de uma aluna;

3. *Vivências de isolamento, desamparo e abandono*: "Caim, Caim e o Resto", "Piá não Sofre? Sofre.", e "Nízia Figueira, sua Criada". A relação entre os contos tem "Piá não Sofre? Sofre." como pivô: Paulino é filho da personagem que desencadeia o fatal desentendimento entre os irmãos Aldo e Tino em "Caim, Caim e o Resto"; além disso, dialoga com "Nízia Figueira, sua Criada" por tratar de situações de abandono e isolamento, mais radicais e absolutos no primeiro (inclusive por Paulino ser uma criança pequena), mais amortecidos e acomodados, ainda que também bastante destrutivos, no segundo.

A intenção, portanto, é voltar-se para o particular, para cada um dos contos em seu diálogo com os demais, como meio de melhor reconhecer as mediações concretas que formam o conjunto, ao qual voltaremos nas "Considerações Finais".

INGENUIDADE SEM VALOR,
MALANDRAGEM SEM BRILHO

O conto que abre o livro é "O Besouro e a Rosa", que efetivamente foi o primeiro conto de Belazarte, escrito em 1923, "no tempo em que Elísio de Carvalho sustentava a 'América Brasileira'", como Mário de Andrade afirma em trecho do prefácio que ele escreveu para *Belazarte*, citado anteriormente.

Nessa narrativa, que mistura elementos realistas, naturalistas e grotescos, o narrador nos conta a história de Rosa, uma jovem de 18 anos, que morava com duas tias desde os sete, após sua mãe ter morrido ou ter abandonado Rosa ("que é a mesma coisa que morrer"). Era a "cria" da casa de suas tias solteironas, "órfãs do capitão Fragoso Vale". Vivia praticamente confinada; uma "freirinha". Apesar disso, chega a ter um pretendente, João, o filho do padeiro da vizinhança, um dos poucos a vê-la com alguma regularidade, pois era o responsável pelas entregas matutinas de pão. Mas o possível romance entre eles nem começará, apesar de João tê-lo desejado muito.

Certa vez, Rosa deixara a janela de seu quarto aberta durante uma noite quente e, de madrugada, um besouro entrou em seu quarto e, sorrateiramente, percorreu seu corpo, provocando na jovem uma reação convulsiva, na qual se misturavam repulsa e certo gozo desconhecido e proibido. Esse fato marcou uma transformação radical em Rosa. Para a jovem, a intervenção do inseto roubara-lhe, de certa forma, a inocência, de forma que, talvez, ela nunca viesse a se casar, o que sente como "UMA VERGONHA". Rosa, então, muda completamente seu modo de se relacionar com o mundo e com os outros. Perde, evidentemente, o caráter infantil e a passividade que a caracterizavam e se torna, subitamente, uma mulher indiferente, provocante e amarga, que acreditava não merecer para si nada além de variações de insetos cascudos. Termina por encontrar "seu besouro" ao se casar, abruptamente, com um bêbado da vizinhança, Pedro Mulatão. E o conto termina de modo seco: "Rosa foi muito infeliz" (p. 23).

A vida da jovem, desde o início, aparece marcada por variadas formas de "injustiça" (foi abandonada pela mãe, tratada pelas tias como empregada e mantida por elas confinada em casa, apartada do mundo), o que, a princípio, cria no leitor uma expectativa de que, ao longo da história, realize-se algum tipo de reparação ou, ao menos, alguma compensação para seu sofrimento.

> Não acredito em bicho maligno mas besouro... Não sei não. Olhe o que sucedeu com a Rosa... Dezoito anos. E não sabia que os tinha. Ninguém reparara nisso. Nem Dona Carlotinha nem Dona Ana, entretanto já velhuscas e solteironas, ambas quarenta e muito. Rosa viera pra companhia delas aos sete anos quando lhe morre a mãe. Morreu ou deu a filha que é a mesma coisa que morrer. [...] Rosa mocetona já, era infantil e de pureza infantil. Que as purezas como as morais são muitas e diferentes... Mudam com os tempos e com a idade da gente... Não devia ser assim, porém é assim, e não temos que discutir. Mas com dezoito anos em 1923 Rosa possuía a pureza das crianças dali... pela batalha do Riachuelo mais ou menos... Isso: das crianças de 1865. Rosa... que anacronismo! (p. 11)

O primeiro parágrafo do conto traz condensada uma série de relações em torno das quais a narrativa se desenvolverá. Observe-se que o uso literário da fala cotidiana (ou, para falar com Sérgio Milliet (1934), da "linguagem de dia de semana") transmite uma sensação de naturalidade que colabora para dar vida à narrativa, temperando-lhe com um ritmo muito solto e espontâneo.

No entanto, essa vivacidade da linguagem choca-se com a história narrada, marcada pelo imobilismo, pela fatalidade e por uma inocência destituída de qualquer valor positivo. Observe-se que Belazarte sugere que a "pureza infantil" da moça seria uma consequência da reclusão e da exploração (ou, ao menos, do relativo abandono) a que ela estava submetida, colocando o leitor em face de um drama ao mesmo tempo doloroso e banal, uma vez que a "injustiça" sofrida por Rosa combina-se, na narrativa, com certa aceitação das coisas como são. Pureza e infantilidade são, ao mesmo tempo, apresentadas como "qualidades" ("não devia ser assim") e como "defeitos", uma vez que indicariam certa incapacidade de adaptação aos tempos ("porém é assim, e não temos que discutir"), o que faz com que a crítica que poderia se construir a partir do que deveria ser esvaia-se diante do reconhecimento seco e pretensamente objetivo de um "fato"[4]. Esse, aliás, é

---

4. Procedimento, aliás, constante em todas as narrativas. Belazarte, frequentemente, adere a um "realismo cotidiano" seco, direto, pautado no reconhecimento

o mote para a inversão promovida no final do parágrafo, quando o narrador um tanto debocha do "anacronismo" da jovem, numa mistura de ironia (a comparação com as crianças de 1865 "mais ou menos") e irritação ("Rosa... que anacronismo!"). A escolha da palavra é bastante sugestiva: Rosa não está "atualizada" com a modernização, parece ignorar que os tempos são outros, o que é apresentado como defeito, incapacidade ou limitação da moça. Daí que, desde o início, seu destino "trágico" parece ser, a um só tempo, injusto e merecido. O conteúdo crítico da narração não deixa de se fazer notar, mas arrefece frente ao "reconhecimento" da personagem como uma das responsáveis pela própria desgraça, numa ambivalência característica do ponto de vista do narrador ao longo de quase todas as narrativas do livro.

Essa percepção pode ser confirmada nos parágrafos seguintes. Belazarte nos conta que Rosa "saía pouco e a cidade era para ela a viagem que a gente faz uma vez por ano, Finados chegando" e que costumava acompanhar "as patroas" até o cemitério do Araçá, onde as tias visitavam o túmulo do capitão e choravam "junto ao mármore". "Rosa chorava também pra fazer companhia" (p. 12). E, a seguir:

> Essa anualmente a viagem grande de Rosa. No mais: chegadas até a igreja da Lapa algum domingo solto e na Semana Santa. Rosa não sonhava nem matutava. Sempre tratando da horta e de dona Carlotinha. Tratando da janta e de dona Ana. Tudo com a mesma igualdade infantil que não implica desamor não. Nem era indiferença, era não imaginar as diferenças, isso sim. [...] Indistinta e bem varridinha. Vazia. Uma freirinha. O mundo não existia pra... qual freira! santinha de igreja perdida nos arredores de Évora. Falo da santinha representativa que está no altar, feita de massa pintada. A outra, a representada, você bem que sabe: está lá no céu não intercedendo pela gente... Rosa si ca-

---

duro e, muitas vezes, cínico do fato em si mesmo. A consequência frequente desse tipo de adesão é a negação de qualquer possibilidade de sublimação e transcendência por parte das personagens que, de seu ponto de vista, aparecem quase que completamente presas aos aspectos mais "naturais" e instintivos da experiência humana (fome, sexo, trabalho, sobrevivência, reprodução etc.).

recesse intercedia. Porém sem saber porquê. Intercedia com o mesmo pedaço de corpo, dedos e braços, vista e boca sem mais nada. A pureza a infantilidade a pobreza-de-espírito se vidravam numa redoma que a separava da vida (pp. 12-13).

A jovem, "si carecesse", "intercedia pela gente", "porém sem saber porquê". Rosa é apresentada como "indistinta e bem varridinha", "vazia", incapaz de agir no mundo e de ter consciência de si mesma.

Os dois trechos a seguir reafirmam a atitude do narrador:

[...] Porém Dona Ana orientada pelo gesto que a pobre repetia descobriu o bicho. Arrancou-o com aspereza, aspereza pra livrar depressa a moça. E foi uma dificuldade acalmá-la... Ia sossegando, sossegando... de repente voltava tudo e era tal e qual ataque, atirava as cobertas, rosnava, se contorcendo, olhos revirados, uhm... Terror sem fundamento, bem se vê. Nova trabalheira. Lavaram ela, Dona Carlotinha se deu ao trabalho de acender fogo pra ter água morna que sossega mais, dizem. Trocaram a camisola, muita água com açúcar...
– Também, por que você deixou janela aberta, Rosa... (p. 19)

Se vê bem que nunca tinha sofrido, a coitada! Toda a noite não dormiu. Não sei a que horas a cama se tornou insuportavelmente solitária pra ela. [...] Rosa espera o besouro. Não tem besouros essa noite. Ficou se cansando naquela posição, à espera. Não sabia o que estava esperando. Nós é que sabemos, não? (pp. 20-21)

No primeiro trecho, Belazarte se aproxima da perspectiva das tias de Rosa, tanto que, imediatamente após mencionar a aspereza com que a tia arrancara o besouro do corpo da sobrinha, o narrador justifica o ato dizendo: "aspereza pra livrar depressa a moça". Na sequência, o narrador se impacienta com os ataques repetidos de Rosa, afirmando que eram "sem fundamento" e que causaram uma "trabalheira" para as tias. Observe-se que, a essa altura, já não se sabe bem quem era a vítima. Num único giro, Rosa deixa de ser o centro das preocupações para se tornar um estorvo. Até porque, ao final, a culpa acaba sendo imputada a ela que havia sido descuidada ao deixar a janela aberta. Ou seja, Rosa, ainda sem forças, ainda tentando se recuperar do acontecido, é acusada sem cerimônia por aqueles que acompanham seu drama. Além disso, a relação explícita do nome Rosa com a flor também ajuda a "naturalizar", pela via do grotesco, o interesse do besouro por ela e mesmo dela pelo besouro.

A acusação se completa três parágrafos adiante (como reproduzido no segundo trecho citado) quando Belazarte afirma diretamente: "Se vê bem que nunca tinha sofrido, a coitada!", e completa: "Não sabia o que estava esperando. Nós é que sabemos, não?". Ou seja, o narrador, uma vez mais, repisa a ideia de que Rosa era inconsciente, infantil, incapaz de reagir a um trauma, suscetível a qualquer eventualidade, diferentemente de "nós" que sabemos das coisas e temos consciência delas. A inconsciência de Rosa é contraposta à pretensa consciência de Belazarte que a compartilha com o narrador escrito inonimado e com os leitores, decretando a solidão terrível da ignorante, ingênua e inconsciente cria da casa das tias Carlotinha e Ana.

Comportamento semelhante observa-se em relação ao João, "quase uma Rosa também", primeiro dos pretendentes da moça. Belazarte insiste em descrever o que chama de "mal-estar por dentro" ou de um "desespero na barriga" nos comentários que faz a respeito do interesse do padeirinho por Rosa. Vejamos:

Porém duma feita quando embrulhava os pães na carrocinha percebeu Rosa que voltava da venda. Esperou muito naturalmente, não era nenhum mal-criado não. O sol dava de chapa no corpo que vinha vindo. Foi então que João pôs reparo na mudança da Rosa. Estava outra. Inteiramente mulher com pernas bem delineadas e dois seios agudos se contando na lisura da blusa que nem rubi de anel dentro da luva. Isto é... João não viu nada disso, estou fantasiando a história. Depois do século dezenove os contadores parece que se sentem na obrigação de esmiuçar com sem-vergonhice essas coisas. Nem aquela cor de maçã camoesa amorenada limpa... Nem aqueles olhos de esplendor solar...

João reparou apenas que tinha um mal-estar por dentro e concluiu que o mal-estar vinha de Rosa (pp. 14-15).

No dia seguinte João atirou o pão no passeio e foi-se embora. Lhe dava de sopetão uma coisa esquisita por dentro, vinha lá de baixo do corpo apertando quase sufocava e a imagem da Rosa saía pelos olhos dele trelendo com a vida indiferente da rua e da entrega do pão. Graças a Deus que chegou em casa! Mas era muito sem letras nem cidade pra cultivar a tristeza. E Rosa não aparecia pra cultivar o desejo... (p. 17).

Quando o João soube que a Rosa ia casar teve um desespero na barriga. Saiu tonto pra espairecer. Achou companheiros e se meteu na caninha. Deixaram ele por aí, sentado na guia da calçada, manhãzinha, podre de bebedeira (p. 22).

Os trechos, de certo modo, resumem-se à acusação preconceituosa de que o amor dos pobres e dos ignorantes se reduz basicamente a desejo físico, sexual (algo que Belazarte sugerirá em todos os contos, com exceção de "Menina de Olho no Fundo", principalmente porque o assunto deste não é exatamente o cotidiano de personagens pobres). Pouco capazes de cultivar sentimentos mais "nobres" e "sem consciência" da causa dos males de que padecem, quando sofrem de amor, sentem um "desespero na barriga".

A redução do amor ao aspecto meramente físico, a acusação de que as personagens estão presas demais ao cotidiano, à pobreza e à ignorância para serem capazes de nutrir sentimentos mais elevados e alcançar algum grau de transcendência da experiência imediata aparece desde o momento em que Belazarte descreve o primeiro alumbramento de homem do João quando o narrador ironiza a si mesmo por tentar dar algum ar mais sublime à descrição. O trecho: "Isto é... João não viu nada disso, estou fantasiando a história. Depois do século dezenove os contadores parece que se sentem na obrigação de esmiuçar com sem-vergonhice essas coisas", ao mesmo tempo em que é uma crítica debochada e provocativa de procedimentos narrativos contra os quais o Modernismo se levantava nos anos 1920, é também um atestado da parcialidade do ponto de vista de Belazarte, revelando um despeito de classe que redunda em um olhar cindido, parcial e pretensioso, opondo sua "erudição literária", sua "cultura" à ignorância e à incapacidade de João se elevar, minimamente, do chão mais imediato da vida.

A intervenção grotesca do besouro e de sua "encarnação", Pedro Mulatão, rebaixa o universo narrado e colabora para que se decrete o fecho fatal, avesso claro dos contos de fada: "Rosa foi muito infeliz". Irônica, sarcástica e sadicamente, não havia qualquer príncipe à espera dessa pobre Borralheira.

*****

O segundo conto do livro, "Jaburu Malandro" (escrito em 1924), é uma variação de "O Besouro e a Rosa". A narrativa começa com Belazarte voltando a falar do padeiro João:

[...] Você se lembra do João? Ara, se lembra! o padeiro que gostava da Rosa, aquela que casou com o mulato... Pois quando contei o caso falei que o João não era homem educado para estar cultivando males de amor... Sofreu uns pares de dias, até bebeu, se lembra? e encontrou a Carmela que principiou a consolá-lo. Não durou muito se consolou. Os dois passavam uma porção de vinte minutos ali na cerca, falando nessas coisas corriqueiras que alimentam o amor de gente pobre (p. 27).

A tônica do texto repete o que discutimos há pouco. Mas Carmela não era Rosa. Diferentemente da "freirinha" que viveu onze anos apenas cuidando das tias, Carmela era bonita, "desses tipos de italiana que envelhecem muito cedo", porém, em compensação, "nos dezenove, que gostosura!" (p. 27). Era ativa, impaciente, mas sem "a ciência das outras moças italianas daqui" (p. 28), que trabalhavam "nos curtumes, na fiação" e "se acostumavam com a vida". Carmela, ao contrário, não trabalhava e morava em casa própria. O pai havia juntado uns "cobres de tanta ferradura ordinária que passara adiante, e tanta roda e varal consertados" e tinha por Carmela uma certa predileção, que acabou, na visão do narrador, por "sequestrá-la da vida", fazendo com que tivesse um "coração que não sabia de nada", "apesar de ter na família uma ascendência que a fazia dona em casa" (p. 29).

Carmela e João namoraram um tempo, mas sem muita empolgação da parte dela. Até que, um dia, um circo chegou à cidade e o idílio dos jovens esmoreceu. A moça ficou encantada com o circo e com a aparente liberdade de que seus membros gozavam. Em especial, um artista lhe chamou a atenção, o "Homem Cobra", contorcionista que se apresentava com um "malhô todo de lantejoulas, listrado de verde e amarelo" (p. 31). Ao vê-lo no picadeiro, "Carmela sentiu uma admiração. E um malestar. Pressentimento não era, nem curiosidade... malestar" (p. 32). João estava com Carmela, mas a moça só tinha olhos para o contorcionista.

Inesperadamente, no dia seguinte, Pietro, o filho pródigo do pai de Carmela, o "defeito físico da família", foi, após seis anos, visitar a família. O jovem fez menção de se desculpar. O pai, a princípio, "resmungou, porém o filho estava bem vestido, não era vagabundo, não pense, estudara. Sabia música e viera dirigindo a banda do circo" (p. 33). O pai ainda resistiu um pouco e lhe disse o que pensava de gente de circo. Mas, logo em seguida, como a apresentação do Homem Cobra havia impressionado a todos, perguntaram a Pietro sobre o contorcionista: "Almeidinha... Está aí! Um rapaz excelente! é do Norte. Toda a gente gosta dele", e acrescentou: "é muito meu amigo" (p. 34). E Belazarte não perde a oportunidade: "Afinal, pra encurtar as coisas, você logo imagina que o pai de Pietro foi se acostumando fácil com o ofício do filho. Aquilo dava uma grande ascendência pra ele sobre a vizinhança..." (p. 34).

No dia seguinte, a família toda, incluindo o namorado de Carmela, João, acabaram por esbarrar com Almeidinha, após o término do espetáculo, no picadeiro vazio. Belazarte afirma que o rapaz "tinha esse rosto inda mal desenhado das crianças, faltava perfil. Quando se ria, eram notas claras, sem preocupação.

Distraído, Nossa Senhora!" (p. 35). Durante a conversa, Carmela e Pietro tanto insistiram que o pai acabou convidando Almeidinha para almoçar. No dia seguinte, durante o almoço, "em dez minutos de conversa, o moço já era estimado por todos" (p. 35).

Outro dia, durante a apresentação do circo, Carmela e Almeidinha, sem que ninguém percebesse, começaram a trocar olhares. Sabendo que o rapaz passaria de madrugada pelas ruas do bairro, a moça decidiu esperá-lo. Como a janela de seu quarto dava para a rua, ela a entreabriu e ficou ali até ouvir o jovem que voltava assobiando e com as mão no bolso. Conversaram um pouco, o Homem Cobra sempre esquivo, Carmela "é que trabalhou" (p. 37) e eles se beijaram.

A moça começou a desprezar João que já não entendia nada do que acontecia. Ficou aturdido e os pais, "vendo ele assim, se puseram a amá-lo" (p. 39), ao que Belazarte ajunta o seguinte comentário:

> É assim que o amor se vinga do desinteresse em que a gente deixa ele. A vida corre tão sossegada, ninguém não bota reparo no amor. Ahn... é assim, é!... esperem que hão de ver!... o amor resmunga. E fica desimportante no lugarzinho que lhe deram. De repente a pessoa amada, filho, mulher, qualquer um sofre, e é então, quando mais a gente carece de força pra combater o mal, é então que o amor reaparece, incomodativo, tapando caminho, atrapalhando tudo, ajuntando mais dores a esta vida já de si tão difícil de ser vivida (p. 39).

No dia seguinte, o padeirinho descobriu tudo. Angustiou-se, sofreu, mas, "convenhamos, o costume é lei grande. João mal entredormiu ali pelas três, pois às quatro e trinta já estava de pé. Pesava a cabeça, não tem dúvida, mas tinha que trabalhar e trabalhou" (p. 41).

Carmela, apesar da repercussão do caso, continuava decidida a encontrar Almeidinha. Dona Lina a mandou para o quarto, para dormir cedo. A moça obedeceu, "mas nem bem o assobio vinha vindo pra lá da esquina, já Carmela estava de pé. Beijou principiou" (p. 43). O Homem Cobra "vinha salpicar beijos de guanumbi nos lábios dela". Mas Belazarte afirma que "os beijos grandes, os beijos engulidos, era a diabinha quem dava. Ele se deixava lambuzar" (p. 43). E o narrador não resiste ao comentário: "aquela inocentinha que não trabalhava nas fábricas, quem que havia de dizer!..." (p. 43). Tudo continuou mais um pouco, depois começaram a conversar e Almeidinha perguntou de João, ao que Carmela respondeu: "ele queria casar comigo, mas porém não gosto dele, é bobo. Só com você hei de casar!" (p. 44).

Como se pode imaginar, o contorcionismo do rapaz, seu jeito esquivo, flexível, adaptável deixou-lhe claro o que devia fazer. No dia seguinte, "que-dele o Homem Cobra?" (p. 45). Quando Carmela soube que o rapaz havia fugido, "abriu uma boca que não tinha; ataque, gente do povo não sabe ter" (p. 46). A família percebeu o que se passava, tentou ser discreta, mas "boato corre ninguém sabe como, as paredes têm ouvidos", e os jovens da vizinhança passaram a olhar a moça

[...] dum jeito especial, e ficavam se rindo uns pros outros. Até propostas lhe fizeram. E ninguém mais não quis casar com ela. E só se vendo como ela procurava!... Uma verdadeira... nem sei o quê!

Até que ficou... não-sei-o-quê de verdade. E sabe inda por cima o que andaram espalhando? Que quem principiou foi o irmão dela mesmo, o tal da dançarina... Porém coisa que não vi, não juro. E falo sempre que não sei.

Só sei que Carmela foi muito infeliz (p. 47).

O título do conto, "Jaburu Malandro", é evidentemente uma referência a Almeidinha. "Jaburu" é a denominação genérica de uma família de aves encontradas na Argentina, ao sul do Brasil e, em grande quantidade, na região do Pantanal. Mas também designa, como ainda é comum em alguns lugares do país, uma pessoa feia, desajeitada, esquisita ou tristonha. O emprego em referência ao Homem Cobra é, portanto, irônico: ele não é ave, mas cobra, não é bicho do ar e livre, mas animal que rasteja e se esgueira; também não é desajeitado, mas contorcionista admirado pelo público, nem é propriamente esquisito, ao contrário, é muito benquisto e relacionado. Por outro lado, o adjetivo é mais direto: Almeidinha é realmente uma versão do malandro, ainda que sem brilho (a despeito do malhô repleto de lantejoulas e listrado de verde e amarelo) e acovardado, o avesso da imagem ideologizada da malandragem.

Como se sabe, a malandragem é frequentemente celebrada como uma espécie de "arte de sobreviver no inferno": em meio às adversidades, o malandro conseguiria se virar e se dar sempre bem, passando por cima das barreiras de classe, enrolando senhores e outros tipos de poderosos, driblando a pobreza e a contingência, rebolando para desviar das balas da polícia, do Estado, do patrão, da bandidagem e da miséria. O malandro, assim representado, encarnaria um misto de subserviência e esperteza, bajulação e "jeitinho", dependência e autonomia, espontaneidade e cálculo. E tudo isso visto positivamente como expressão de criatividade e resistência popular num país marcado pela violência, pela desigualdade e pela precariedade da mediação política e da representação popular.

Essa visão, ainda hoje bastante difundida e parte fundamental do estereótipo do "brasileiro", encontra em "Dialética da Malandragem"[5] (a mais conhecida análise literária feita por Antonio Candido) um importante eco. Nesse conhecido ensaio, Candido afirma que, ao invés de "romance picaresco" ou "documentário", *Memórias de um Sargento de Milícias*, de Manuel Antonio de Almeida (aliás, não seria o nome do Homem Cobra, Almeidinha, uma referência ao escritor?), seria um "romance representativo", constituído, num "primeiro estrato universalizador", por arquétipos associados a figuras do *trickster*, e, num segundo estrato, pela "dialética da ordem e da desordem", que

[...] manifesta concretamente as relações humanas no plano do livro, do qual forma o sistema de referência. O seu caráter de princípio es-

---

5. Candido, 2004, pp. 17-46.

trutural, que gera o esqueleto de sustentação, é devido à formalização estética de circunstâncias de caráter social profundamente significativas como modos de existência; e que por isso contribuem para atingir essencialmente os leitores[6].

Esse segundo estrato, por sua vez, estaria ligado a um "universo menor", o brasileiro, e responderia à "dinâmica profunda" da sociedade brasileira da primeira metade do século XIX. Esse princípio geral sintetizado pelo crítico é a base metodológica da crítica de caráter dialético (aliás, como se sabe, "Dialética da Malandragem" é não apenas um ponto alto como, em certa medida, o principal texto de referência na constituição dessa tradição crítica no Brasil[7]) e é a principal referência metodológica da leitura que aqui se procura fazer de *Os Contos de Belazarte*.

Ao final do ensaio, Candido deriva dessa análise uma observação que se alinha, em certa medida, à visão ideológica da malandragem aludida acima. A citação é longa, mas condensa ideias que interessam muito ao que se está discutindo:

6. *Idem*, p. 31.
7. A esse respeito, vale citar o final de "Pressupostos, salvo engano, de Dialética da Malandragem", no qual Roberto Schwarz afirma que "o ensaio [de Antonio Candido] retoma o esforço de interpretação da experiência brasileira, que havia sumido da crítica exigente, e talvez se possa dizer que inaugura a sondagem do mundo contemporâneo 'através' de nossa literatura. De certo modo trata-se de uma síntese entre duas grandes orientações, a crítica naturalista e a crítica de escritor. A primeira, ligada à reflexão social e preocupada em estabelecer o panorama geral de nossas letras, encontrava o seu limite na questão do valor literário, que escapava ao instrumental de que dispunha. Passando ao polo oposto, e tomando a forma como ponto de partida, o A. realiza a integração que aqueles críticos buscaram cem anos atrás. Quanto à segunda, pode-se chamá-la impressionista, pois são críticos que faziam da fixação e denominação das impressões mais finas o mérito de sua escrita. Penso em autores como Augusto Meyer, *Mário de Andrade*, Lúcia Miguel-Pereira, em cuja prosa admirável se entronca a do A. Como eles, este preza enquanto um valor crítico a sensibilidade de leitor culto e a capacidade de exprimi-la, só que fará delas o seu guia na mobilização do arsenal construtivo das disciplinas modernas, o que produz uma síntese nova no Brasil (*encaminhada talvez por Mário*) e rara em toda parte. Esta unificação produtiva de momentos antagônicos é a dialética viva" (Schwarz, 1987, pp. 154--155; grifos meus).

[...] uma atitude mais ampla de tolerância corrosiva, muito brasileira, que pressupõe uma realidade válida para lá, mas também para cá da norma e da lei [...]

Essa comicidade foge às esferas sancionadas da norma burguesa e vai encontrar a irreverência e a amoralidade de certas expressões populares. Ela se manifesta em *Pedro Malasarte* no nível folclórico e encontra em Gregório de Matos expressões rutilantes, que reaparecem de modo periódico, até alcançar no Modernismo as suas expressões máximas, com *Macunaíma* e *Serafim Ponte Grande*. Ela amaina as quinas e dá lugar a toda a sorte de acomodações (ou negações), que por vezes nos fazem parecer inferiores ante uma visão estupidamente nutrida de valores puritanos, como a das sociedades capitalistas; mas que facilitará a nossa inserção num mundo eventualmente aberto.

[...]

Na limpidez transparente do seu universo sem culpa, entrevemos o contorno de uma terra sem males definitivos ou irremediáveis, regida por uma encantadora neutralidade moral. Lá não se trabalha, não se passa necessidade, tudo se remedeia[8].

É evidente que a perspectiva de Candido é muito mais sofisticada que o estereótipo convencional e que sua leitura se baseia, entre outros, em um pressuposto central do pensamento de esquerda (o da possível e necessária superação da ordem burguesa). Mas, de qualquer maneira, a ênfase positiva não deixa de ter algum parentesco com a visão ideológica da malandragem. Por isso, anos depois, Roberto Schwarz, em outro ensaio também bastante conhecido[9], replicou:

["Dialética da Malandragem"] foi publicado em 1970, e a sua redação possivelmente caia entre 1964 e o AI-5. Neste caso, a reivindicação de dialética da malandragem contra o espírito do capitalismo talvez seja uma resposta à brutal modernização que estava em curso. Entretanto, a repressão desencadeada a partir de 1969 – com seus interesses clandes-

---

8. Candido, 2004, pp. 45-46 (grifos meus).
9. Schwarz, 1987, pp. 129-155.

tinos em faixa própria, sem definição de responsabilidades, e sempre a bem daquela mesma modernização – não participava ela também da dialética de ordem e desordem? É talvez um argumento indicando que só no plano dos traços culturais malandragem e capitalismo se opõem...[10]

Essa posição não dista muito daquela que Mário de Andrade expressa por meio de Belazarte; afinal, a modernização em curso nos anos 1920, como vimos, embora específica em vários aspectos, tinha muito em comum com a "mistura" (dialeticamente ambivalente) que também caracterizou a ditadura militar. Além disso, se apenas recordarmos que nosso narrador surge como antagonista de Malazarte[11] e que, desde a origem, definiu-se pelo "pessimismo rabugento", já seria possível entrever seu ponto de vista sobre a "esperteza popular" ou sobre os atributos "revolucionários" da "alegria brasileira", perspectiva que a leitura dos contos ratifica.

No caso de "Jaburu Malandro", Almeidinha não é o representante de um "mundo sem culpa" e o ambiente social representado está longe de ser uma "terra sem males definitivos ou irremediáveis, regida por uma encantadora neutralidade moral", onde "não se trabalha, não se passa necessidade, tudo se remedeia". A rigor, no conto de Belazarte, quase nada se remedeia e o final é marcado apenas pela fatalidade e pela infelicidade. As ações do Homem Cobra têm consequências por assim dizer tacanhas, mas bastante decisivas para Carmela, para quem não houve consolo ou acomodação; ao contrário, o mundo à sua volta parece ter, de modo mesquinho e tosco, sentido prazer em pisoteá-la. Não temos nem Vidinha nem Luisinha nessa narra-

---

10. *Idem*, p. 154.
11. Como foi discutido no Capítulo II, Malazarte é claramente inspirado em Pedro Malasarte (também mencionado no trecho citado acima de "Dialética da Malandragem"), ele mesmo um personagem folclórico que encarna o tipo do "pobre esperto" capaz de arquitetar e operar inúmeras artimanhas contra poderosos deste e "do outro mundo", apesar das inúmeras dificuldades que enfrenta e da penúria em que vive.

tiva e nosso Almeidinha se alinha com Leonardinho na flexibilidade, na afabilidade, na leviandade, mas não na "leveza" dos atos e dos resultados.

Além disso, Carmela, como Rosa, é acusada pelo narrador de ser a responsável pelo que lhe aconteceu, sobretudo devido à sua falta de consciência a respeito de "como as coisas são" e por ter, por assim dizer, se precipitado, afastando João, espantando o Homem Cobra e ficando com a fama de uma "verdadeira... nem sei o quê".

A iniciativa (relativa) de Carmela é marcada pelo negativo e a "lição" é seca e cruel: seja por excesso de ingenuidade, seja por excesso de confiança ou de iniciativa, seja ainda por se adaptar perfeitamente ao mundo (como faziam as outras "italianinhas"), história de "gente pobre" não tem final feliz, ao menos quando vista pela lente "rabugenta" de Belazarte e a partir da periferia da São Paulo dos anos 1920.

"CHOQUE DE CLASSES"

Nenhuma outra personagem do livro permite analisar a ambivalência constitutiva do ponto de vista de Belazarte[12] tão bem quanto Ellis, do conto "Túmulo, Túmulo, Túmulo"[13].

Nessa narrativa, Belazarte não é apenas o narrador, como também uma das personagens. Ele começa contando que andou um tempo "mais endinheirado" e que, como "dinheiro faz cócega em bolso de brasileiro", imaginou "ter um criado só pra" ele: "Achava gostoso esses pedaços de cinema: o dono vai saindo, vem o criado com chapéu e bengala na mão, 'Prudêncio, hoje não bóio em casa, querendo sair, pode. Té logo'. 'Té logo, seu Belazarte.'" (p. 87). Ape-

---

12. Ressalva seja feita ao conto "Piá não Sofre? Sofre." (a mais alta realização literária do livro), em que a ambivalência em questão é menos marcada. A discussão desse conto, bem como de "Caim, Caim e o Resto" e de "Nízia Figueira, sua Criada" é feita na próxima seção deste capítulo.
13. A capa da primeira edição de *Belazarte*, de Joaquim Alves, ilustra justamente esse conto.

sar da referência ao cinema, que evoca um imaginário "moderno", o uso de "dono", ao invés de patrão, e o nome do criado, Prudêncio, que imediatamente faz ressoar o do famoso escravo menino de Brás Cubas, não disfarçam o ranço escravista que tinge a perspectiva de Belazarte, sobretudo nesse conto. Como veremos, a expressão desse ranço é um tanto culpada e cheia de justificativas e racionalizações, sendo, por isso mesmo, particularmente interessante para discutir o ponto de vista que está em jogo (e que está, de certa forma, problematizado) em "Túmulo, Túmulo, Túmulo".

Belazarte passa a procurar por um criado. Em pouco tempo, contratou um primeiro jovem para servi-lo, mas o narrador "não simpatizava com ele não" e o rapaz, talvez por ter percebido a antipatia do patrão, pediu as contas e foi embora. Poucos dias depois, no bonde, Belazarte viu um "tiziu extraordinariamente simpático". Aproximou-se, conversou com ele, falou-lhe do emprego e imediatamente o contratou. Ellis, seu novo e definitivo criado, trabalhou para seu patrão com dedicação e afinco. O narrador ficava satisfeitíssimo (embora gostasse de fazer alguns reparos ao empregado, como "moleza chegou ali, parou") e procurava, vez ou outra, alimentar a expectativa do criado a respeito das coisas que seu patrão poderia lhe dar. Tudo ia bem até que, contrariando os desejos de Belazarte, Ellis decide se casar e pensa se tornar chofer de táxi. O narrador mal pôde conter o despeito. Deu alguns conselhos – que soavam como ameaças – e deixou o criado ir (afinal, não tinha muita escolha). Daí em diante, Ellis enfrentou desgraças sucessivas que o narrador insinua (às vezes afirma) terem sido resultado de suas escolhas equivocadas (a maior delas foi ter "abandonado" seu patrão). A esposa de Ellis, Dora, engravida e o jovem, pressionado pela necessidade de sustentar a família, torna-se pedreiro e abandona os "sonhos do chofer". Moraram primeiro na "lonjura da Casa Verde" e, depois, num porão completamente insalubre, próximo à casa do antigo patrão. A miséria, a moradia precária, o trabalho intenso não demoraram a cobrar seu preço. Os três, Ellis, Dora e o filho, ficaram doentes, atingidos pelo "micróbio do tifo". A primeira a morrer foi Dora. Para Belazarte, Ellis "não estava sossegado não", mas, ao narrador, "parecia mais incapacidade de sofrer que tristeza verdadeira", concluindo que "Dora ia fazer falta física para ele". Pouco tempo depois, o filho também morreu. Ellis, acossado pela dor das duas perdas, pela saúde fragilizada e pelo excesso de trabalho, adoeceu de vez e Belazarte passou a "ajudá-lo" e a ficar por perto. Era o que sentia que podia fazer diante da miséria absoluta que assolava seu antigo criado. Embora sempre se dizendo "amigo" e exibindo sua pretensa superioridade para os poucos parentes que acompanhavam a agonia do rapaz, Belazarte nem por isso fez muito nem pôde fazer algo decisivo. Em pouco tempo, Ellis também morreu. "Número três."

Mais uma vez, a história é cruel e, desta vez, o ponto de vista de Belazarte aproxima-se muito da desfaçatez de classe bem conhecida no Brasil. Vejamos:

> Ellis era preto, já disse... Mas uma boniteza de pretura como nunca eu tinha visto assim. Como linhas até que não era essas coisas, meio nhato, porém aquela cor elevava o meu criado a tipo-de-beleza da raça tizia. [...] Ellis tinha um sorriso apenas entreaberto. Estava muito igualado com o movimento da miséria pra andar mostrando gengiva a cada passo. A gente tinha impressão de que nada o espantava mais, e que Ellis via tudo preto, o mesmo preto exato da epiderme.
>
> Como criado, manda a justiça contar que ele não foi inteiramente o que a gente está acostumado a chamar de criado bom. Não é que fosse ruim não, porém tinha seus carnegões, moleza chegou ali, parou. [...] Mas no sentido de criado moral, Ellis foi sublime. De inteira confiança, discreto, e sobretudo amigo. Quando eu asperejava com ele, escutava tudo num desaponto que só vendo. Sei que eu desbaratava, ia desbaratando, ia ficando sem assunto para desbaratar, meio com dó daquele tão humilde que, a gente percebia, não tinha feito nada por mal (pp. 88-89).

O começo é típico e sintomático: Ellis era preto, "mas uma boniteza de pretura". A adversativa só se justifica pelo preconceito que ela pressupõe. Como se sabe, esse tipo de expressão é uma das variantes mais comuns do preconceito racial e de classe no Brasil, cujas fórmulas são bem conhecidas: preto mas honesto, pobre mas feliz etc. Além disso, segundo o que nos diz Belazarte, o encanto de Ellis vinha do preto "opaco", "doce e aveludado" da epiderme, compondo uma beleza que, aos olhos de nosso narrador, era exemplar ("o tipo-de-beleza da raça tizia"), mas que, no entanto, convivia com um sorriso apenas entreaberto, pois o rapaz estava "muito igualado ao movimento da miséria", o que fazia Ellis, do ponto de vista de seu patrão, ver "tudo preto, o mesmo preto exato da epiderme". A narração, em sua presunção, beira o absurdo. Ellis era "criado" de Belazarte e sua condição exigia dele comedimento e cuidado no tratamento com seu patrão. A interpretação de Belazarte, no entanto, é a de que o comedimento era resultado da miséria que o rebaixava, igualando-o a ela de forma a tornar nosso narrador um benfeitor que "deu" emprego a tão desgraçada e, ao mesmo tempo, bela e potencialmente boa criatura. Belazarte, assim, transforma, num lance, um comportamento tipicamente senhorial (com toda a lógica regressiva própria da organização patriarcal do Brasil escravista) em filantropia, cuidado, atenção e magnanimidade.

O segundo parágrafo do trecho reforça essa perspectiva cindida e problemática de Belazarte, desde o elogio do belo "criado moral", "de inteira confiança, discreto, e sobretudo amigo" que Ellis foi para ele, até a acusação de preguiça e falta de vontade (acusação, aliás, até hoje muito comum nos discursos cotidianos a respeito da insuperável pobreza dos pobres, fruto, como muitos gostam de defender, da falta de esforço e de dedicação aos estudos e ao trabalho). A ideia de amizade aqui, dado o desnível da relação, confunde-se com submissão, ou melhor, capacidade de agir sempre de acordo com as expectativas do patrão, mesmo quando elas não são anunciadas verbalmente[14]. Veja-se a esse respeito o seguinte trecho:

---

14. Como se sabe, esse tipo de comportamento é bastante comum na literatura brasileira; basta, por exemplo, lembrar José Dias, o famoso agregado da família Santiago em *Dom Casmurro*, de Machado de Assis, que "sabia opinar obedecendo". Ou ainda (apesar de serem relações diferentes), do comportamento submisso do próprio Bentinho diante da mãe ("Faço o que mamãe quiser" etc.). A esse respeito ver os conhecidos ensaios de Roberto Schwarz, "A Poesia Envenenada

– Ellis, você já sabe ler?... Uhm... acho que vou ensinar francês pra você, porque si um dia eu for pra Europa, não vou sem você.
– Si seu Belazarte for, eu vou também.
Sempre com o mesmo respeito. Às vezes eu chegava em casa sorumbático, moído com a trabalheira do dia, Ellis não falava nada, nem vinha com amolação, porém não arredava pé de mim, descobrindo o que queria pra fazer. Foi uma dessas vezes que escutei ele falando no portão pra um companheiro:
– Hoje não, seu Belazarte carece de mim (p. 91).

O trecho inicial é bastante despropositado. A pergunta "você já sabe ler?" pressupõe uma pessoa que, no máximo, tem um conhecimento muito precário da língua escrita, pois, caso contrário, sequer a pergunta faria sentido. Por isso, pensar em ensinar francês para levar Ellis para a Europa é insanidade, ou uma brincadeira, ou uma absoluta falta de bom senso, ou ainda – e, ao que tudo indica, o mais provável – uma tentativa de sedução e cooptação: Belazarte acena com uma grande promessa, que ele não se importa se vai cumprir, apenas para seduzir o criado e, com isso, garantir sua companhia e sua eterna submissão à espera dos poderosos favores de seu senhor.

Além disso, como vimos, a desgraça de Ellis começa quando ele decide deixar o emprego na casa de Belazarte e, ainda, resolve se casar. O patrão, como se pode imaginar, sentiu-se traído e injustiçado pela ingratidão do criado: "Ellis me confessou que pensava mesmo em ser chofer, mas não tinha dinheiro pra tirar a carta. Tive ciúmes palavra. Secretamente achava que ele devia só pensar em ser meu criado". E aconselha ameaçando: "–Você pense bem, decida e volte me falar. Chofer é bom, dá bem, só que é ofício perigoso e já tem muito chofer por aí. Muitas vezes a gente pensa que faz um giro e faz mais é um jirau. Enfim, tudo isso é com você. Já falei que ajudo, ajudo". Sentimento que

---

de Dom Casmurro", em *Duas Meninas,* São Paulo, Companhia das Letras, 2000; e John Gledson, *Machado de Assis: Impostura e Realismo: Uma Reinterpretação de Dom Casmurro,* São Paulo, Companhia das Letras, 1991.

se completa quando Ellis lhe fala do casamento: "Meio que me despeitava também, isso do Ellis gostar mais de outra pessoa que do patrão, porém já sei me livrar com facilidade desses egoísmos". Não tão bem quanto ele parece acreditar, uma vez que sua presunção, em certa medida, justificará para Belazarte seu sadismo crescente. Desse ponto em diante, desgraças, misérias e mais desgraças se acumularão na vida de Ellis. O narrador observará tudo à distância, com ar superior, certa satisfação e, claro, ajudando ocasionalmente com algumas migalhas quando lhe convinha.

Enfim, para Belazarte, a iniciativa de Ellis, que no caso é a mais elementar (casar e desejar um emprego melhor, mais "moderno" e mais autônomo[15]), é vista pelo patrão como o início da queda do criado, que, lentamente, vai se transformando num monstro.

A fúria de casar borrara os sonhos do chofer. Vivia de pedreiro. Mamãe encontrou com ele e se lembrou de dar esse dinheiro semanal pro mendigo quase. Um Ellis esmulambado, todo sujo de cal. [...] Ellis tinha adoecido de resfriado, estava tossindo muito, aparecendo uns caroços do lado da cara. Quando vi ele até assustei, era um caroção medonho, parecendo abscesso. [...] Mamãe imaginou que era anemia. Mandamos Ellis no médico de casa, com recomendação (p. 95).

Ellis ficara "esmulambado", "mendigo quase", com um "caroção medonho, parecendo abscesso" que fez com que o dedicado ex-patrão até se assustasse. A vida do criado sem o patrão tinha dado uma terrível guinada para pior e o narrador, embora se esforce, não consegue disfarçar certa satisfação com o que ocorria.

O dia do batizado, sofri um desses desgostos, fatigantes pra mim que vivo reparando nas coisas. Primeiro quis que o menino se chamasse Benedito, nome abençoado de todos os escravos sinceros, po-

---

15. Observe-se ainda que a iniciativa de Ellis vai na mesma direção da aspiração de redenção pelo trabalho, discutido no capítulo anterior.

rém a mãe do Ellis resmungou que a gente não devia desrespeitar vontade de morto, que Dora queria que o filho chamasse Armando ou Luís Carlos. Então pus autoridade na questão e cedendo um pouco também, acabamos carimbando o desgraçadinho com o título de Luís (pp. 96-97).

Batizado fatigante. Não paga a pena a gente imaginar que todos somos iguais, besteira! Mamãe, por causa da muita religião, imagina que somos. Inventou de convidar Ellis, mãe e "tutti quanti" pra comer um doce em nossa casa, vieram. Foi um ridículo oprimente pra nós os superiores, e deprimente pra eles os desinfelizes (p. 99).

Os trechos reafirmam o autoritarismo e a presunção de superioridade de Belazarte, ambos relativamente velados, mas presentes desde a primeira página do conto. Primeiro, a insistência de Belazarte em escolher o nome do filho de Ellis, a despeito da vontade do pai, da esposa morta ou dos outros familiares é indício do poder que o patrão ainda imagina possuir sobre seu antigo criado. A discussão – evidentemente descabida – parece ser mantida por Belazarte apenas para mostrar sua força, ou melhor, mostrar que a vontade que vale, a única legítima e digna de ser aceita e reconhecida era a sua, a do bom patrão "amigo" de seu criado, mesmo após ter sido rompido o vínculo de trabalho por iniciativa de Ellis. Não havia como o narrador obrigá--los a aceitar seu desejo. Mas, de seu ponto de vista, era isso o que o "bom senso" deveria lhes indicar.

Além disso, o nome sugerido por Belazarte só faz reafirmar o tipo de representação que o motiva. A referência explícita a "escravo" não apenas escancara uma relação que desde o início estava pressuposta como também encerra um terrível preconceito fatalista: Ellis era miserável, "desgraçado", e o único "momento bom" de sua vida (na ótica de Belazarte evidentemente) foi a época em que tinha sido criado. Sua ruína começara com a sua elementar iniciativa pessoal. Por isso, na medida em que seu filho estaria fadado à mesma vida, nada melhor do que lhe deixar claro, desde o nascimento, seu lugar no mundo, situação insuperável, cujo reconhecimento e aceitação seriam a única escolha "inteligente" que a criança deveria fazer.

No final do trecho, em mais um movimento de explicitação da impaciência da vontade absoluta contrariada, que se converte em agressão e despeito, Belazarte lança mão de uma ironia tão desmedida que chega mesmo ao sarcasmo: o uso da primeira pessoa do plural, a expressão "carimbar o desgraçadinho" e o "título de Luís" são de tal forma despropositados que enfatizam em muito o desdém, o despeito e a violência que cindem, desde o início, qualquer pretensão moderna ou modernizante da parte do narrador.

E a respeito de Dora, esposa de Ellis, o aspecto regressivo das ações e pontos de vista do narrador é ainda mais explícito. No primeiro trecho abaixo, Belazarte havia acabado de saber da morte de Dora por meio do próprio Ellis:

> Nem posso explicar com quanto sentimento gritei. Ellis também não estava sossegado não, mas parecia mais incapacidade de sofrer que tristeza verdadeira. O amarelão dos olhos ficara rodeado dum branco vazio. Dora ia fazer falta física pra ele, como é que havia de ser agora com os desejos? Isso é que está me parecendo foi o sofrimento perguntado do Ellis. E pra decidir duma vez a indecisão, ele vinha pra mim cuja amizade compensava (p. 97).

> Dora era corpo só. E uma bondade inconsciente. Eu não tinha corpo mas era protetor. E principalmente era o que sabia as coisas. Desta vez amor não se uniu com amizade: amor foi pra Dora, a amizade pra mim. Natural que o Ellis procedesse dessa forma, sendo um frouxo (pp. 98-99).

> [...] Era amigo dele, juro, mas Ellis estava morto, e com a morte não se tem direito de contar na vida viva. Ele, isso eu soube depois, ele sim, estava vivendo essa morte já chegada, numa contemplação sublime do passado, única realidade pra ele. Dora tinha sido uma função. A vida prática não fora senão comer, dormir, trabalhar. No que se agarraria aquele morto em férias! Em mim, lógico (p. 101).

A tônica dos trechos acima é quase transparente: Belazarte sente-se superior a Dora, na medida em que ele seria o "amigo" e Dora apenas uma "função". A proteção, a confiança, a amizade, a sublimação seriam dele; o sexo, a reprodução, o físico seriam "função" dela. Ou, dito de outro modo, a relação eminentemente humana compete ao patrão, enquanto a esposa ficaria relegada à condição de uma "necessidade natural" do jovem criado. Cabe notar que essa atitude é índice de algo que, sub-repticiamente, percorre todo o conto: o fundo homoerótico que marca, desde o início, o interesse de Belazarte por Ellis[16]. A ênfase no "amigo" e na "amizade" em oposição ao sexo é um tipo de sublimação bastante comum para o desejo que se mantém como idealização sem chegar efetivamente ao envolvimento físico. Diante disso, o polo positivo estaria no igual e o negativo, no diferente. Atitude que, aliás, como temos discutido, não se restringe ao interesse de Belazarte por Ellis, mas atravessa boa parte da consciência narrativa em sua relação com suas personagens[17].

16. Embora não haja relação direta entre Mário de Andrade e Belazarte, que é uma criação dele e se comporta como uma entidade literária, é fato que não se pode excluir de todo algumas proximidades, a começar pelo gosto da polêmica. Daí que, na medida em que o conto apresenta o assunto, vale lembrar que a possível homossexualidade de Mário de Andrade sempre foi um assunto delicado. Como se sabe, uma das causas do rompimento definitivo de Mário com Oswald de Andrade foram insinuações desse tipo feitas por este em piadas entre amigos e em um ou outro texto publicado por ele na época (lançando mão de "brincadeiras" acanalhadas como se referir ao escritor como *Miss Macunaíma*, entre outras). Mário sempre reagiu mal a qualquer insinuação a respeito de sua sexualidade, o que era um direito pessoal seu. Mas a família e, por extensão, a crítica mais laudatória acabou por transformar o assunto em "tabu", o que dá uma boa medida do atraso e dos preconceitos patriarcais que ainda vicejam por aqui. Se não há motivos para insinuações nem para mexericos, tampouco deveria haver tabus, sobretudo quando se trata de algo tão elementar.
17. A esse respeito, Erich Fromm tece considerações interessantes em sua seção dos *Estudos sobre Autoridade e Família* (realizados pelo Instituto de Pesquisas Sociais de Frankfurt e publicados em 1936) e depois incorporados em *O Medo à Liberdade* (ver, principalmente, o capítulo v, "Mecanismos de Fuga: Autoritarismo, Destrutividade, Conformismo de Autômatos" – Fromm, 1983, pp. 114-165). Em linhas muito gerais, como sintetiza Martin Jay, para Fromm (assim como para Freud, com quem concorda nesse ponto), masoquismo e sadismo são parte de uma "síndrome unificada do caráter", que apareceria com mais frequência em sociedades autoritárias, baseadas na hierarquia e na dependência, e nas quais o

Observe-se que a presunção de superioridade por parte de Belazarte é tal que ele chega a duvidar do sofrimento de Ellis pela perda da esposa, reduzindo-o a mera preocupação do jovem marido com a "necessidade" de saciar seus desejos sexuais, algo que, segundo pensa, Ellis esperava poder compartilhar com o "amigo que sabia das coisas" e que lhe diria o que fazer. Para encerrar de vez o caso, no último trecho citado, Belazarte afirma diretamente que "a única realidade" de Ellis era o passado, ou seja, sem exagero algum, a única realidade de Ellis era Belazarte. A pretensão e o despeito contra tudo o que não é ele mesmo e contra qualquer coisa que estorve seus desejos cinde a consciência narrativa profundamente, tornando a desejada aproximação entre classes numa fantasia ambivalentemente violenta, expressa nas três mortes (da esposa, do filho e dele próprio) que selam o triste e inexorável destino de Ellis.

Assim, em "Túmulo, Túmulo, Túmulo", a ambivalência que caracteriza o ponto de vista narrativo pende para o lado oposto da imagem do narrador interessado na vida dos mais pobres. Aqui Belazarte avizinha-se de um cinismo e de uma desfaçatez de classe típica do imaginário patriarcal brasileiro, que, na literatura, tem em Brás Cubas seu mais famoso e acabado porta-voz. O "orgulho ferido", o sadismo indisfarçado, a "confirmação" quase providencial de sua superioridade em relação a Ellis e sua ascendência sobre o antigo criado cindem a consciência narrativa radicalmente, levando-a aos limites daquilo que, no

>   masoquismo tende a se manifestar "na aceitação passiva do 'destino', da força dos 'fatos', do 'dever', da 'vontade de Deus'" (Jay, 2008, p. 179). Fromm argumenta também que "a identificação homossexual com poderes superiores, mais comumente espiritual do que corporal" (Jay, 2008, pp. 179-180) seria outra característica do "autoritarismo sadomasoquista", sendo "especialmente acentuado em culturas patriarcais, nas quais se presumia que os homens eram intrinsecamente superiores às mulheres e, por isso, eles eram transformados em objeto de um amor masoquista" (Jay, 2008, p. 180). As relações com a história brasileira e com o conto em questão são bastante fortes. No caso brasileiro, entre outras referências, em *Casa Grande & Senzala*, Gilberto Freyre (cf. Freire, 2001, pp. 187, 377--378, 391-396, 472-473) faz uma conhecida análise acerca do sadomasoquismo inerente à relação senhor e escravo.

geral, tende a ficar implícito: o fundo regressivo e autoritário aliado ao sentimento de impunidade daqueles que ocupam as posições do privilégio, do mando, daqueles que ostentam (ou imaginam ostentar em cada situação) "uma supremacia, qualquer" que seja[18].

*****

Em "Menina de Olho no Fundo" (1925), a dinâmica, em certa medida, se inverte: agora Belazarte nos conta a história de um professor de música chamado Carlos da Silva Gomes[19]. A posição social da personagem é muito parecida com a de Belazarte e com a do próprio Mário de Andrade (bem como com a condição da maioria dos artistas e intelectuais): um "profissional liberal" de classe média, distante da miséria de Ellis, mas, a seu modo, dependente ou subordinado, seja ao dono da escola de música, à burocracia ou aos setores da "elite" econômica e/

---

18. Expressão utilizada por Brás Cubas para caracterizar Quincas Borba num conhecido trecho do capítulo XIII de *Memórias Póstumas de Brás Cubas*, de Machado de Assis: "Uma flor, o Quincas Borba. Nunca em minha infância, nunca em toda a minha vida, achei um menino mais gracioso, inventivo e travesso. Era a flor, e não já da escola, senão de toda a cidade. A mãe, viúva, com alguma coisa de seu, adorava o filho e trazia-o amimado, asseado, enfeitado, com um vistoso pajem atrás, um pajem que nos deixava gazear a escola, ir caçar ninhos de pássaros, ou perseguir lagartixas no morro do Livramento e da Conceição, ou simplesmente arruar, à toa, como dois peraltas sem emprego. E de imperador! Era um gosto ver o Quincas Borba fazer de imperador nas festas do Espírito Santo. De resto, nos nossos jogos pueris, ele escolhia sempre um papel de rei, ministro, general, uma supremacia, qualquer que fosse" (Assis, 1992, p. 532).
19. O nome é, claramente, uma referência a Antonio Carlos Gomes, o maior compositor brasileiro de óperas, autor, entre outras, de *O Guarani* e *Fosca*, que fizeram sucesso aqui e, principalmente, na Europa em fins do século XIX. Além disso, como se sabe, o próprio Mário de Andrade era professor de música do Conservatório Municipal, algo a que, inclusive, Belazarte alude na primeira frase do conto, dirigindo-se ao narrador que transcreve as histórias que ele conta: "Você é músico, e do conservatório grande lá da avenida S. João, por isso há-de se divertir com o caso". Como sempre, não há propriamente nada com que "se divertir" nas histórias que Belazarte gosta de contar.

ou política que, eventualmente, apoiam-no e financiam-no[20]. É "seu Gomes" quem sentirá os efeitos dos caprichos de uma aluna e que perderá seu emprego por conveniência de seu patrão. Seja como for, não há aqui presunção de superioridade, nem Belazarte tece nenhum de seus comentários mais cáusticos. Embora seu pessimismo se mantenha o mesmo, há no conto uma proximidade, uma identificação que muda o tom da narrativa, o que acaba por reforçar o recorte de classe, não devidamente problematizado, que cinde a perspectiva que conduz os contos.

Seu Gomes era professor do Conservatório Giacomo Puccini, propriedade do maestro Marchese, um violinista genovês que, na Itália, tocava em companhia de operetas e que, ao chegar a São Paulo, instalou-se no Brás, um bairro em franco desenvolvimento na época. Sem concorrentes na vizinhança, "virou maestro". Marchese soube aproveitar o crescimento do bairro e o desejo das famílias de ostentar algum refinamento de modo que sua escola progrediu bem (p. 63).

Um dia, a família Bermudes decidiu matricular sua filha, Dolores, no conservatório. O "maestro" costumava "ficar com todas as alunas que lhe pareciam gente mais arranjada", mas, depois de pensar muito, decidiu que a moça seria aluna de Carlos Gomes. Marchese disse para a família que Gomes era um professor "molto bon" e a mãe da jovem sabia que a família do professor era "gente fina, parente dos Padros", apesar de terem "continuado pobres" (p. 64). Em outras palavras, apesar do vín-

---

20. Mário de Andrade tinha consciência disso, o que não significa, necessariamente, que tenha superado essas limitações do artista e do intelectual em todos os momentos de sua produção. Mário expressa seu interesse nessa questão em vários textos, como na crônica "Intelectual – 1", publicada em 10 de abril de 1932 no *Diário Nacional* (um ano antes da publicação de *Belazarte*, portanto): "[...] nas sociedades burguesas, o burguês inda paga o intelectual e lhe mata a fome, porém com a condição deste se tornar um condutício servil, pregador das gloriolas capitalistas, fomentador das pequenas sensualidades burguesas, instrumento de prazer. [...] Mas nada tem impedido, nem o repúdio, nem o assalariamento, que o intelectual dos nossos dias, em todas as partes do mundo, menos no Brasil, esteja cada vez mais convicto da sua função dinâmica" (Andrade, *Taxi e Crônicas no Diário Nacional*, 1976, pp. 516-517).

culo tradicional, a parte da família a que pertencia Carlos não possuía fortuna ou poder, algo bastante recorrente na biografia de intelectuais brasileiros da época e, em alguma medida, comum até hoje.

Dolores "era um desses tipos que o Brasil importa a mãe e o pai pra bancar que também dá moça linda. Direitinho certas indústrias de São Paulo...". Embora não tivesse nada "da terra e de nossa raça", "não havia ninguém mais brasileiro que ela". Defendia o país de qualquer acusação ou sugestão depreciativa. Exaltava os poucos símbolos paulistanos que existiam, atribuindo-lhes um valor bastante elevado:

> Eu sei bem que a Itália é mais bonita, mais bonita o quê... uma porcaria de casas velhas, isso sim, e gente ruim, só calabrês assassino é que se vê!... Aqui tem cada amor de bangalozinho!... e a Estação da Luz, então! Você nunca, aposto, que já entrou no teatro Municipal! Si entrou, foi pro galinheiro, não viu o fuaiér! Itália... A nossa catedral... aquilo é gótico, sabe! não está acabada mas falaram pra mim que vai ter as torres mais altas do mundo! (p. 65).

Para completar, insistia em ser chamada de Dores porque Dolores era espanhol. Como se vê, a jovem tem uma atitude bastante conhecida entre nós, ligada a um ufanismo meio capenga, baseado em certa falta de senso de proporção, afirmações levianas e um toque de megalomania, contraface de outro tipo de comportamento também bastante conhecido que se associa, por sua vez, a certo senso de inferioridade e a um desprezo pretensioso que atribui ao país o "horror" bárbaro ou provinciano ao qual o sujeito afirma não se vincular, embora deva a essa mesma mixórdia todos os seus privilégios. Aliás, como se sabe, faces da mesma moeda, não é difícil encontrar ambos os comportamentos numa mesma pessoa, às vezes durante uma mesma conversa.

Seu Gomes, por seu lado, era "sossegado, meio tímido e chegava aos vinte-e-quatro sem nunca ter chamego por ninguém". Dores não era boba e sabia muito bem manipular seus professores. Certo dia, chegou mesmo a confessar a Carlos que havia passado em aritmética sem estudar nada, afinal "pra que que a gente tem olhos então!" (p. 69). Já de sua parte, seu Gomes, como nos conta Belazarte, alimentava a ideia de que a jovem poderia fazer "a notoriedade dele como professor". Fosse como fosse, o fato é que entre professor e aluna se construiu um relacionamento produtivo e Dores começou a se destacar entre os alunos do conservatório do Brás. Mas tudo acabava por se processar entre eles de modo muito pessoal: a moça apelava para os sentimentos ou para a vaidade do professor que retribuía usando argumentos como "estude... pra me fazer feliz" (p. 71).

Certo dia, Dores chegou à aula com uma aliança de prata na mão direita. O professor lhe perguntou a respeito e ela disse que havia ficado noiva, mas que, caso o professor quisesse, ela não se casaria. Gomes afirmou que aquilo era um despropósito e que ele queria mesmo era que ela fosse feliz, por isso devia se casar. Mas, ressalvou, era uma pena, pois "com mais dois anos eu punha você artista, garanto". A ambivalência da relação fica cada vez mais patente no conto e, embora procure se desembaraçar dos momentos mais comprometedores (tinha o hábito de pensar numa vizinha apenas para "substituir secretamente a Dolores"), Carlos não impunha a Dores limites claros e flertava com a fantasia de poder controlar a relação entre eles.

Entretanto, a moça foi sofisticando seus planos e investidas. Dias depois, afirmou que o noivado havia sido desmanchado (na verdade, como se fica sabendo, não havia noivado nenhum). Passado algum tempo, surgiu um convite para se casar com outro rapaz. Esse acordo era real, mas Dores também não tardou a desmanchá-lo, insinuando que haveria algo entre ela e seu professor de música e que esse seria o motivo de ela não querer se casar, apesar da aprovação da família. Dolores contou o caso ao professor, garantindo que tudo não passava de um boato maldoso. No entanto, informou que diziam até que ele a estaria namorando devido ao dinheiro de sua família e que tudo não passaria de diversão, pois Carlos não se casaria com ela. Disse ainda que sua mãe gostaria de falar com Seu Gomes. Ele, aturdido, imediatamente se prontificou a conversar para desfazer o boato o mais depressa possível.

Todavia, já era tarde. Marchese o chamou para conversar e disse: "Sei molto bene que lei é honestíssimo ma che posso fare, io! todos falam!". Carlos tentou se defender, o patrão insistiu no mesmo tom e, como "era muito frouxo pra pelejar mais", acabou aceitando a sugestão de Marchese de se demitir do conservatório. Pouco depois, conversou com a mãe da aluna que compreendeu tudo muito bem e não lhe fez qualquer reparo. Gomes comunicou que estava indo embora e que havia se demitido do conservatório. Dolores, então, entrou em desespero, começou a gritar e contou o que realmente havia acontecido. Num último esforço para sustentar alguma dignidade, Carlos lhe disse, "meio sorrindo desapontado": "que criançada, Dores!". A jovem fez um enorme escândalo enquanto o professor saía da casa e a mãe lhe dava "cocres e tabefes pelas costas peito cabeça". Mas, diz Belazarte, "três meses depois estava curada" (p. 84).

Ao final, tudo não passava de capricho, mas, dessa vez, não foi a pobreza que decretou o fracasso, mas as relações perigosas do professor Carlos Gomes com a "elite". Não houve qualquer consequência mais séria para Dolores e, de qualquer forma, o preço pago por Carlos também não foi tão alto. Afinal, perder um emprego e um naco da reputação é quase nada comparado à desgraça que assola a maioria das personagens de Belazarte. Contudo, não deixa de ser mais um fracasso, dessa vez atingindo alguém com quem o narrador se identifica. Daí suas críticas, inclusive as dirigidas a Dores, serem as mais amenas de todo o livro.

VIVÊNCIAS DE ISOLAMENTO, DESAMPARO E ABANDONO

Em "Caim, Caim e o Resto" (escrito em 1924), uma das personagens, Teresinha, a mulher do desejo de três homens e responsável pelo desentendimento mortal entre os irmãos Aldo e Tino, é a mãe de Paulino, o menino de "Piá não Sofre? Sofre."

(1926), o penúltimo conto de Belazarte. A narrativa é, como as outras, dura e cruel. Dessa vez, são as relações familiares (e fraternas, em particular, daí a repetição de Caim no título) a serem derriçadas pelo narrador.

No conto, os irmãos Aldo e Tino, que sempre haviam se dado muito bem, passam, de uma hora para outra, a se provocar por qualquer motivo, o que evolui para brigas constantes.

> Naquela casinha do bairro da Lapa a vida era de paraíso (p. 53).

> [...] Felizmente os filhos a consolavam. Lhe entregavam todo o dinheiro ganho. Gente pobre e assim é raro (p. 53).

> Da discussão aos murros não levou três dias. E por quê? Ninguém sabia. A verdade é que a vida mudou para aqueles três. Inútil a mãe chorar, se lamentar, até insultando os filhos. Quê! nem si o defunto marido estivesse vivo!... Pegou fogo e a vida antiga não voltava mais (p. 52).

Como nos dois primeiros contos do livro, um evento "extraordinário", inicialmente desconhecido da maioria e, por assim dizer, irracional, acaba por arruinar a vida antiga (o Besouro para Rosa, o Circo para Carmela). Fosse a vida boa ou ruim, o que viria depois seria muito pior.

Aldo era "bem forte" e costumava proteger Tino, que era "enfezado, cor escura", mas magro e com uns "musculinhos que nem o trabalho vivo de pedreiro consertava" (pp. 52-53). Mas, quando brigavam, Tino não apanhava mais que o outro, pois era "duma perversidade inventiva". Vale notar que Aldo e Tino lembram outro par de irmãos de uma das narrativas mais conhecidas de Mário de Andrade: José e Albino de "O Poço"[21]. Mas, diferentemente destes, os irmãos do conto de Belazarte acabam por abandonar a solidariedade e a mútua proteção devido a uma rixa de morte. Além disso, "O Poço" é uma narrativa literariamente superior. Em "Caim", o olhar de Belazarte é distanciado

---

21. Andrade, 1997, pp. 72-88.

demais, "de observador apenas" e o resultado não é esteticamente tão consistente. Aliás, como discutiremos adiante, se "Piá não Sofre? Sofre." é o melhor conto do livro, talvez "Caim, Caim e o Resto" seja o menos consistente, com consequências extremadas, que reduzem o impacto no leitor, na medida em que comprometem a verossimilhança[22], além de tender a certa repetição, na medida em que os assuntos e desdobramentos que movimentam a história encontram paralelos mais consistentes em outras narrativas de Belazarte. É o conto que mais se aproxima da crônica e do interesse meramente circunstancial.

Um dia, enquanto brigavam ferozmente, escutaram uma vizinha dizer para a mãe deles que Teresinha iria se casar "com o Alfredo". Os irmãos interromperam a briga por um instante. Porém, de forma mecânica, quase automática, o soco que Aldo havia preparado para dar no irmão e que fora interrompido pela notícia "seguiu sua trajetória, foi martelar na testa do Tino". Este ficou furioso e mordeu o irmão "onde pôde" (p. 56). Aldo tentou se livrar do outro, mas não antes de um dedo de sua mão ser gravemente ferido. Então, "por ver sangue é que cegou". Agarrou a garganta do irmão e ficou repetindo: "Morde agora!" (p. 57). Até que, apesar das tentativas da mãe de socorrê-lo, Tino foi morto. Aldo, então, "como que enlouquecera, olho parado no meio da testa, boca aberta com resmungos ofegantes". Foi levado preso e Dona Maria, a mãe dos moços, perdeu de uma vez os dois filhos. Mas, após se seguir "toda a miséria do aparelho judiciário", Aldo acabou saindo livre: "Pra que vale um dedo perdido? Caso de legítima defesa complicada com perturbação de sentidos, é lógico, artigo 32, artigo 27, § 4º... A medicina do advogadinho salvou o réu" (p. 58).

---

22. Como se sabe, a verossimilhança é constituída e sustentada pela estrutura interna da narrativa. A análise de seu valor, portanto, concentra-se na coerência dos elementos que compõem o conto e não na comparação com a realidade. Daí que narrativas "fantásticas" (como as *Memórias Póstumas de Brás Cubas*, de Machado de Assis, ou *A Metamorfose*, de Franz Kafka, para citar dois exemplos bastante diferentes entre si) possam ser frequentemente mais verossímeis do que narrativas pretensamente realistas e objetivas.

Aldo voltou ao trabalho, porém, após algum tempo, "desapareceu e nem semana depois, encontraram ele morto, já bem podrezinho, num campo" (p. 59). Descobriram o assassino: Alfredo, marido de Teresinha. Durante seu julgamento, "o advogado devassou a série completa dos argumentos de defesa própria. E lembrou com termos convincentes que Alfredo era bom. Afinal vinte e dois anos de honestidade e bom comportamento provam alguma coisa, senhores jurados! E a Teresinha com as duas crianças ali, chorosa..." (p. 59). Mas o esforço foi inútil e Alfredo foi condenado a "nem sei quantos anos de prisão". Foi o início da desgraça de Teresinha que "lavava roupa, costurava, mas qual! com filho de ano e pouco e outro mamando, trabalhava mal. E parece incrível! inda por cima com a mãe nas costas, velha sem valer nada...". Alguns homens, vendo a situação em que vivia a mulher, chegaram a lhe fazer "propostas", pois "inda restavam uns bons pedaços de mulher no corpo dela". Mas ela "recusava com medo do marido ao sair da prisão, um assassino, credo!". E como Rosa e Carmela, "Teresinha era muito infeliz" (p. 60).

As insinuações do narrador mais uma vez enfatizam o que ele entende serem os móveis de fundo das personagens: instintos elementares, como agressividade, desejo sexual, medo. Os sentimentos mais "humanos" são transitórios e frágeis, quando não são apenas disfarces capengas das motivações "reais". Em particular nesse conto, Belazarte tende a levar seu pessimismo rabugento muito ao pé da letra, sobretudo no que se refere às personagens e ao contexto da vida de "gente pobre", repisando, de modo um tanto repetitivo, no contexto do livro, o mesmo conjunto de acusações e desconfianças. Entretanto, ele encontrará seu melhor "tom" no conto sobre a vida do pequeno filho de Teresinha.

*****

Como já ficou indicado, "Piá não Sofre? Sofre." retoma a personagem Teresinha (procedimento semelhante ao que ocorre com João nos contos "O Besouro e a Rosa" e "Jaburu Malandro"), mas a ênfase recai agora em seu filho mais novo, Paulino. A narrativa expõe não apenas uma espécie de limite da degradação das relações familiares, como observa a infância dos pobres sem nenhuma complacência. É, em termos literários, o melhor conto de Belazarte e uma das melhores narrativas de Mário de Andrade.

O título expressa a renitente atitude de não idealizar nada, característica de Belazarte, para o bem e para o mal. A pergunta, seguida da resposta, é bastante implacável e seu sentido é muito claro, algo como "você imaginou que as crianças se livrariam desse lodo, que elas, de alguma forma, escapariam do sofrimento? Pois bem, não escapam". Trata-se, sem dúvida, de um dos momentos mais intensos do "realismo seco" de Belazarte e de seu pessimismo inimigo de qualquer idealização. A condição de Paulino é terrível, mas "verdadeira": não há dúvida que encerra uma representação da brutalidade social e faz isso de maneira esteticamente consistente, o que, como já foi afirmado, coloca o conto entre os melhores de Mário de Andrade e do Modernismo brasileiro. O próprio ponto de vista do narrador é aqui mais coeso, menos oscilante. Não há qualquer apelo patético nem indiferença cruel. Belazarte acompanha o menino, aproxima-se dele, sem tentar mimetizá-lo ou se identificar profundamente com ele, mas também sem observá-lo apenas exteriormente e, por isso, sem que sua história exprima algum *terror pitoresco*. Não há sentimentalismo nem qualquer forma de paternalismo hipócrita, como também não há desdém nem sadismo.

Inicialmente, cabe destacar que o uso pelo avesso de imagens representativas da modernização, comum à maioria dos contos, encontra em "Piá não Sofre? Sofre." seu momento mais intenso e mais alto:

Paulino sobrava naquela casa.
E sobrava tanto mais, que o esperto do maninho mais velho quando viu que tudo ia mesmo por água abaixo, teve um anjo-da-guarda caridoso que depositou na língua do felizardo o micróbio do tifo. Micróbio

foi pra barriguinha dele, agarrou tendo filho e mais filho a milhões por hora, e nem passaram duas noites, havia lá por dentro um footing tal da microbiada marchadeira, que o asfaltinho das tripas se gastou. E o desbatizado foi pro limbo dos pagãos sem culpa. Sobrou Paulino (p. 109).

No trecho, os contrastes se acumulam de forma angustiante. A agitação e a velocidade relacionadas ao novo ritmo da cidade aparecem aqui em sua face nada glamurosa: não o movimento da multidão, do progresso, do comércio e das ruas (com tudo o que carregam de ideologia e fetiche), mas o desenvolvimento acelerado de uma doença infecciosa. Além disso, morrer ainda criança surge como uma espécie de bênção, dada a penúria terrível (sobretudo de afeto, mas também material) em que o menino vivia. Sobreviver, inversamente, parece indicativo de que Paulino, além de tudo, carecia de um anjo da guarda caridoso que pudesse, ao menos, livrá-lo da desgraça circundante, como é reafirmado no parágrafo seguinte: "Foi crescendo na fome, a fome era o alimento dele. Sem pôr consciência nos mistérios do corpo, ele acordava assustado. Era o anjo... que anjo-da-guarda! era o anjo da malvadeza que acordava Paulino altas horas pra ele não morrer". Ou seja, a inversão da conhecida alegoria é explícita: o "anjo-da-guarda" providencia a morte, e a vida é mantida pela intervenção do "anjo da malvadeza", de forma que a intervenção e a providência divinas surgem pelo avesso de seu sentido usual.

Essa extrema negatividade, que resulta da sensação de profundo aniquilamento de uma criança desprezada e indefesa, será completada pouco adiante. Paulino, após acordar de fome, vai até a cama da mãe em busca de alguma ajuda ou, ao menos, algum conforto:

Teresinha acordava da fadiga com a mãozinha do filho batendo na cara dela. Ficava desesperada de raiva. Atirava a mão no escuro, acertasse onde acertasse, nos olhos na boca-do-estômago, pláa!... Paulino rolava longe com uma vontade legítima de botar a boca no mundo. Porém o corpo lembrava duma feita em que a choradeira fizera o salto do tamanco vir parar mesmo na boca dele, perdia o gosto de berrar. Ficava choramingando tão manso que até embalava o sono da Teresinha. Pequenininho, redondo, encolhido, talequalmente tatuzinho de jardim (pp. 110-111).

Nenhum conforto, nenhum afeto, nenhuma compensação. Só miséria, fome, sofrimento vasto, sem motivo e sem explicação. De fato, esse terrível limbo atinge o paroxismo durante o conto. Paulino será "aniquiladinho" pela mãe, pela avó paterna (que depois de um primeiro assomo de ternura, passa a tratar o menino na chave do costume e da obrigação, servindo-lhe de almoço apenas arroz com feijão, para economizar a carne), pelas filhas adolescentes da avó (que o atormentam com beliscões, além de humilhá-lo) e pela doença (começa a tossir muito e quase não recebe atenção ou cuidado: "tinha mesmo de esperar a doença, de tanto não encontrando mais sonoridade pra tossir, ir-se embora sozinha").

Em suma, a mistura de imagens e situações que redundam numa perspectiva acentuadamente crítica do progresso não poderia ser mais clara: símbolos de modernização surgem ligados à fome, ao desamparo, à mortalidade infantil e ao avanço de doenças infecciosas (que, neste caso, são tão modernas quanto a agitação das ruas, pois são frutos do mesmo processo contraditório); e, no maior dos contrastes, a vida, associada a castigo e abandono, contraposta à morte, conforto e consolo providenciais. Observe-se ainda que, diferentemente dos outros contos, neste a ironia está diretamente dirigida ao contexto social e não à personagem. A crítica aqui surge intensa, consistente e literariamente mais coerente e mais bem estruturada.

O acúmulo de desgraças promoverá ainda outros momentos de contraste vigoroso:

[...] Paulino enjoado, atordoado, quebrado no corpo todo.
– Coitado. Olhe, vá tossir lá fora, você está sujando todo o chão, vá!
Ele arranja jeito de criar força no medo, ia. Vinha outro acesso, e Paulino deitava, boca beijando a terra mas agora sem nenhuma von-

tade de comer nada. Um tempo estirado passava. Paulino sempre na mesma posição. Corpo que nem doía mais, de tanto abatimento, cabeça não pensando mais, de tanto choque aguentado. Ficava ali, e a umidade da terra ia piorar a tosse e havia de matar Paulino. Mas afinal aparecia uma forcinha, e vontade de levantar. Vai levantando. Vontade de entrar. Mas podia sujar a casa e vinha o beliscão no peitinho dele. E não valia de nada mesmo, porque mandavam ele pra fora outra vez...

Era de-tarde, e os operários passavam naquela porção de bondes... enfim divertia um bocado pelo menos os olhos ramelosos. Paulino foi sentar no portão da frente. A noite caía agitando vida. Um ventinho poento de abril vinha botar a mão na cara da gente, delicado. O sol se agarrando na crista longe da várzea, manchava de vermelho e verde o espaço fatigado. Os grupos de operários passando, ficavam quase negros contra a luz. Tudo estava muito claro e preto, incompreensível. Os monstros corriam escuros, com moços dependurados nos estribos, badalando uma polvadeira vermelha na calçada. Gente, mais monstros e os cavalões nas bonitas carroças (pp. 124-125).

Como se vê, os contrastes acumulam-se e multiplicam-se. Não passa despercebido, mesmo a um leitor pouco atento, o contraste forte existente entre o abandono de Paulino e o ritmo agitado de um final de tarde típico de um contexto urbano-industrial (desfilam uma "porção de bondes", grupos de operários etc.). A miséria do menino "mancha" o cenário – que, de outra forma, pareceria até positivo, um símbolo do progresso da incipiente metrópole –, revelando-lhe a contraface. Além disso, observa-se a simultaneidade da presença do bonde e da carroça, mas com sinal oposto ao "oficial": a carroça é bonita, o bonde é monstro. Ou seja, pelo menos na interpretação dada por Belazarte, do ponto de vista de Paulino, marcado pelo abandono e pela miséria, a modernização assume um acento claramente negativo, "monstruoso", pois vem permeada de situações intensas de opressão e violência.

A relação de imagens e símbolos modernos com sofrimento, opressão e terror se completa num dos trechos mais veementes do conto. No caminho entre a casa da mãe e a casa da avó paterna, Belazarte, acompanhando as expectativas e medos de Paulino diante da novidade, descreve algumas das sensações que ocorriam ao menino: a satisfação com o beijo recebido da avó, o calor do corpo dela, a sensação de acolhimento e carinho, como também o medo diante das possíveis formas de "tortura" que a avó poderia conhecer e que, temia, poderiam ser ainda piores que as praticadas pela mãe. Num desses momentos, Paulino tem uma visão terrível: vê o tamanho do salto do sapato da avó crescer, ficando, num primeiro momento, do tamanho dela, até finalmente atingir a feição descomunal de uma chaminé de fábrica:

[...] Foi se rir pras duas lágrimas piedosas dela, porém bem no meio da gota apareceu uma botina que foi crescendo, foi crescendo e ficou com um tacão do tamanho da velha. Paulino reprincipiou chorando baixo, que nem nas noites em que o acalanto da manha embalava o sono da Terezinha.
– Ara! também agora basta de chorar! Ande um pouco, vamos!
O salto da botina encompridou enormemente e era a chaminé do outro lado da rua. O pranto de Paulino parou, mas parou engasgado de terror (p. 118).

A relação entre o salto da botina e a chaminé da fábrica, que inusitadamente se encontram no medo de uma criança "aniquiladinha", configura-se como uma imagem cuja força sugestiva encerra um tal nível de espanto e terror que coloca em questão o tipo de presença que a fábrica (e sua chaminé) tem no contexto. E mais, faz isso de forma tão significativa que torna possível relacionar a situação de Paulino com a condição das classes populares (não exatamente o operariado, portanto) paulistanas frente à modernização dos 1920[23]: uma criança impotente e aniquilada diante de forças que ela não controla e contra as quais não pode nada a não ser encontrar formas de se

---

23. Cf. discussão realizada na seção "Matriz histórica: choque e conjugação de temporalidades no processo de modernização de São Paulo" do capítulo 3.

adaptar e sobreviver. É fato conhecido que as classes populares estiveram apartadas das decisões que conduziam o processo, sendo, frequentemente, massas mobilizadas pelos interesses de acumulação e de expansão da organização industrial ou (quando articulados coletivamente) "baderneiros", desmobilizados ou eliminados pela polícia ou pelo exército.

Voltando a Paulino, o fato de ser uma criança associado à sua falta de voz e de vez parecem promover uma percepção algo fantasmagórica, algo mágica a respeito do processo social, que se mistura com sua concretude evidente, uma vez que a modernização redefinia os modos de organização de toda a vida da cidade. Tal configuração produz uma consciência perplexa, pois, ao mesmo tempo, impressiona-se com a força e as possibilidades da modernização e aterroriza-se diante de seus "desígnios insondáveis". É essa perplexidade que a visão apavorada de Paulino parece condensar.

Ao final, Paulino verá a mãe por um derradeiro e deprimente instante, que só faz enterrá-lo (juntamente com os narradores e leitores) no mais profundo e desolado desamparo:

> Nesse momento a Teresinha passou. Vinha nuns trinques, só vendo, sapato amarelado e meia roseando uma perna linda mostrada até o joelho. Por cima um vestido azul mais lindo que o céu de abril. Por cima a cara da mamãe, que beleza! [...]
> Paulino se levantou sem saber, com uma burundanga inexplicável de instintos festivos no corpo, "Mamma!" que ele gritou. [...] Não sei o que despencou na consciência dela, correu ajoelhando a sedinha na calçada, e num transporte, machucando bem delicioso até, apertou Paulino contra os peitos cheios. E Teresinha chorou porque afinal de contas ela também era muito infeliz. [...] Vendo Paulino sujo, aniquiladinho, sentiu toda a infelicidade própria, e meia que desacostumou de repente da vida enfeitada que andava levando, chorou.
> Só depois é que sofreu pelo filho, horroroso de magro e mais frágil que a virtude. Decerto estava sofrendo com a mulatona da avó... Um segundo matutou levar Paulino consigo. Porém, escondendo de si mesma o pensamento, era incontestável que Paulino havia de ser um

trambolho pau nas pândegas. Então olhou a roupinha dele. De fazenda boa não era mas enfim sempre servia. Agarrou nesse disfarce que apagava a consciência, "meu filho está bem tratado", pra não pensar mais nele nunca mais. [...]
Paulino de-pezinho, sem um gesto, sem um movimento, viu afinal lá longe o vestido azul desaparecer. [...] Paulino encostou a bochecha na palminha da mão e meio enxergando, meio escutando, numa indiferença exausta, ficou assim. Até a gosma escorria da boca aberta na mão dele. Depois pingava na camisolinha. Que era escura pra não sujar (pp. 125-126).

Como nenhum outro conto, "Piá não Sofre? Sofre." reafirma a sensação de fatalidade que assola os contos e que marca profundamente a vida das personagens que aparecem quase reduzidas a meros títeres de um arranjo geral indiferente a elas e que apenas pode ser vislumbrado, apesar de ser determinante e de conduzir a vida de todos. Paulino, o menino terrivelmente desamparado, desprezado, exausto, aniquilado, é, sem dúvida, a personagem mais pungente de Belazarte.

*****

O último dos contos de Belazarte, "Nízia Figueira, sua Criada" (escrito em 1926), é o único a terminar com "era muito feliz". Mas, como se pode imaginar, a afirmação não deixa de ser amarga e irônica: a felicidade, no caso, é encontrada apenas na bebida.
Diferentemente dos outros, nesse, Belazarte narra uma história que se passa na São Paulo de fins do século XIX. Para introduzir a história, o narrador conta uma anedota muito sugestiva de sua visão do mundo:

Pois não vê que um dia o elefante topou com uma penuginha de beijaflor caída numa folha, vai, amarrou a penuginha no rabo com uma corda bem grossa, e principiou todo passeando na serrapilheira da jungla. Uma elefanta mocetona que já estava carecendo de senhor pra cumprir seu destino, viu o bicho tão bonito, mexe pra cá, mexe pra lá, ondulando feito onda quieta, e se engraçou. Falou assim: "Que elefante mais bonito, porca la miséria!" Pois ele virou pra ela encrespado e "Dobre a língua, sabe! Elefante não senhora! sou beijaflor". E foi-se. Eis aí um tipo que ao menos soube criar felicidade com uma ilusão sarapintada. É ridículo, é, mas que diabo! nem toda a gente consegue a grandeza de se tomar como referência de si mesmo (p. 129).

Felicidade se confunde com formas variadas de compensação imaginária, de autoengano, de ilusão sustentadas com o que estiver disponível (a fantasia, a racionalização, a bebida...). Atitudes que, afinal, não deixam de ser, a seu modo, lúcidas: em meio às condições gerais da vida, em meio às desgraças, explorações variadas, divisões, ideologias, diante do "progresso" e da mercantilização da vida o que seria a felicidade senão uma estratégia de logro e conformismo? Nesse contexto, qual o grau possível de realização individual? Até mesmo porque a pobreza, embora decisiva, não tem nenhuma exclusividade sobre as inúmeras formas de engodo expressas nos contos. Belazarte mesmo, como vimos, não escapa, nem o professor Carlos, nem personagem alguma.

Nízia, diferentemente da maioria das personagens, era filha de família tradicional com "ascendente até o século dezessete". Em 1886, seu pai vendera um "sítio porcaria" que tinha na região de Pindamonhangaba e viera para São Paulo, onde comprou "esse fiapo de terra baixa, então bem longe da cidade, no hoje bairro da Lapa". Mas foi apenas em 1888 (ano da abolição, portanto) que se mudaram os três, o pai, Nízia e uma "criada preta" a quem a jovem havia acostumado "desde criancinha" a chamar de Prima Rufina, para a chácara que haviam comprado. Pouco tempo depois, o pai ficou muito doente e morreu devido a um antraz que "apodreceu aquela carne tradicional" (p. 130). Belazarte também não se detém diante de um representante do mundo patriarcal decadente nem lhe faz qualquer deferência. Estamos longe de qualquer idealização dos "velhos tempos" que já apodreceram, a não ser naquilo que a modernização repunha em sua marcha. De qualquer maneira, nem moderno nem tradicional são respostas ou refúgios para coisa alguma.

Aos dezessete anos, Nízia, de uma "inocência ofensiva, bimbalhando estupidez", via-se só com Prima Rufina. Sustentavam-se vendendo legumes da horta e uns "trabalhinhos de lã". Ou melhor, Nízia tricotava, mas quem vendia era Rufina, algo bastante comum na São Paulo pobre e quase rural de fins do século XIX[24].

Um dia, a criada engravidou de um "filho-da-mãe que abusou dela o quanto quis" (p. 131). Ela escondeu a gravidez até o dia do parto, quando se trancou no quarto para não preocupar Nízia que, estranhando o comportamento de Rufina, começou a temer que a companheira estivesse doente. Belazarte conta que "o filho veio vindo sem que Prima Rufina desse um gemido, tal-e-qual os animais do mato". O "humano" só aparece na artimanha de esconder-se e Belazarte, mais uma vez, repisa a suposta redução dos personagens a instintos primários.

Assim que Nízia adormeceu, a criada saiu de casa com o bebê e o narrador conta apenas que "não era madrugada ainda, a preta já não tinha mais filho no braço" (p. 132). Parou na primeira venda que encontrou, tomou "um pifão daqueles" e, de manhã, com o dia já avançado, entrou em casa cantando: "Nossa gente já tá livre, toca zumba zumba zumba...". A ironia amarga de Belazarte é, como sempre, implacável e tem nesse trecho um de seus pontos altos, escancarando os limites da abolição. Desse dia em diante, Prima Rufina "pegou chamando Nízia de 'mia fia'" (p. 133).

Ninguém parecia notar Nízia, nem os passantes, nem mesmo os vendedores. Até que surgiu seu Lemos, um fluminense "ma-

---

24. Há um trecho do conto que dá uma boa ideia do ritmo da cidade: "A noite vinha descendo, tapando o Anhangabaú com uma escuridão solitária. Os quintais molhados do vale botavam uma paininha de névoa sobre o corpo e ficavam bem quietinhos pra esquentar. Era um silêncio!... Poc, pocpoc... Alguém passando no viaduto. Sapo que era uma quantidade. Luzinha aqui, luzinha ali, mais sapo querendo assustar o silêncio, qual o quê! silêncio matava São Paulo cedinho, não eram nem nove horas" (pp. 135-136).

cio, fala rara, não olhando", que trabalhava nos Correios. Costumava apenas responder se alguém perguntasse algo, dizendo "que ia bem, que mamãe ia passando bem, que o serviço ia muito bem... tudo ia bem para seu Lemos" (p. 135). Porém, "não conversava mesmo com ninguém. E quando a mãe morreu de repente, o que sentiu foi o vazio inquieto de quem nunca lidara com pensão nem lavadeira" (p. 136). Como afirmamos algumas vezes, Belazarte insistentemente nega qualquer "transcendência" aos seus personagens.

Foi então que, "palitando dente na janela, ele afinal principiou reparando naquela moça do portão". Começou a pensar que "ali estava uma moça boa pra casar com ele" e, para chegar a essa conclusão, "não refletiu, não comparou, não julgou, não resolveu nada, seu Lemos pensava por decretos espaçados" (p. 137). Num domingo, resolveu bater na chácara de Nízia. Entrou e disse que "vinha pedir a mão dela em casamento" e ela "respondeu que estava bom". Pediu para Rufina preparar café e bolinhos. Lemos se apresentou e perguntou o nome da jovem: "Nízia Figueira, sua criada" (p. 138). Seguiram-se mais algumas falas telegráficas, tomaram o café e o rapaz foi embora prometendo que voltaria. O problema, segundo conta Belazarte, é que "a felicidade de Nízia fizera dela uma desgraçada". Seu Lemos "achou que não carecia mais de passar todo santo dia pela casa tão longe da noiva" e Nízia "vivia um deslumbramento simultâneo de felicidade e amargura. Que amasse não digo, mas tinha alguém que se lembrara da existência dela" (p. 141). O rapaz voltou depois de alguns dias e entregou para a noiva um "brochinho de ouro escrito LEMBRANÇA". Voltou algumas poucas vezes, chegaram mesmo a falar no casamento. Mas Lemos começou a aparecer de modo cada vez mais esporádico, até que deixou de visitar Nízia. A noiva percebeu que "não era por querer, porém, [ele] estava escapando dela". Tentou tranquilizar-se e "sossegou-se, mas num sossego sozinho, de morte e desagregação" (p. 145). Desamparo não podia ser maior.

Foi então que ela começou a beber. Encontrou uma garrafa embaixo da cama de Rufina e deu um pequeno gole para a outra não perceber. "Não levou um mês, Prima Rufina percebeu" (p. 146) e as duas começaram a beber juntas, primeiro "pra esquentar", em seguida porque "cachaça dexa o mundo bunito pra nóis": "pifão... pifãozinho... prá esquentá desgraça desse mundo duro" (p. 147), e Rufina continuava, cada vez mais embriagada, "pifão faiz mecê esquecê seu fio, pifão... pifão... pifãozinho...". "Nízia ficava piscando, piscando devagar, mansamente". "Que calma na terra inexistente pra ela". O conto acaba com Nízia "adormecida calma, sem nenhum sonho e sem gestos". E por isso, para Belazarte, na última frase do livro "Nízia era muito feliz" (p. 148).

A inversão irônica do final é clara e o livro termina deixando no leitor uma combinação de perplexidade, vazio e mal-estar, seja pelo progresso que parece não levar a nada a não ser sofrimento, pelo desmonte sistemático de qualquer ilusão, seja ainda pelas personagens "fracassadas" ou pela mistura de interesse e desdém, de proximidade e superioridade que caracterizam Belazarte.

Considerações Finais

Como vimos, em *Os Contos de Belazarte*, as ambivalências, os "excessos" e a insistência às vezes sádica na limitação das personagens apontam para o recorte de classe que cinde a perspectiva narrativa. Embora representado em suas contradições, o acento de classe não está devidamente problematizado, uma vez que a crítica não atinge o cerne mesmo do ponto de vista narrativo, o qual, por sua vez, tende, em vários momentos, a se deter nos fenômenos e personagens exteriores, mimetizando a ambivalência constitutiva, ao menos em parte, da condição do artista ou do intelectual no Brasil e esbarrando nos limites da percepção do próprio Mário de Andrade sobre si, sobre o país e sobre o povo, à revelia de sua intensa, "sincera", fundamental e gigantesca intervenção cultural.

Ao final, portanto, visto a partir de *Os Contos de Belazarte*, o projeto de edificação cultural de Mário de Andrade, ao se realizar, converte-se, algumas vezes, em "obra malsã", para fazer novamente referência à personagem Janjão, de *O Banquete*. Num país em que o processo de modernização potencializou contradições e desigualdades, realizando-se por meio delas, restou ao artista consequente o papel paradoxal de edificar destruindo as convenções, ideologias e embustes que sustentavam (e, em grande medida, ainda sustentam) essas mesmas desigualdades, insistentemente repostas na história brasileira. Daí porque, "nestas paragens", como enfatiza Janjão, a ação que se quer afirmativa assume a via do negativo: realiza-se como "destruição e combate".

Além disso, um pouco da mesma lucidez que Jolles observa em Herder e Grimm, que "apreendem a Forma Simples como tal e acabam por destrinçar as diferentes 'vozes do povo'"[1], está presente em Mário de Andrade, mas, em seu caso, também ela é expressa problematicamente. A aproximação com as "vozes do povo" é buscada, mas não se realiza plenamente, e os contos, como vimos, oscilam entre forma simples e forma artística, entre relato tradicional popular e criação artística individual. E essa "falha", como procuramos sugerir, em boa medida liga-se às contradições do processo de modernização ele mesmo, que se realiza a partir de uma conjugação *sui generis* de temporalidades (a colônia, o campesinato e a produção capitalista), somada à difícil aproximação entre intelectual e classes populares no Brasil, aproximação sempre pretendida, mas nunca efetivamente realizada.

Ou seja, partimos de uma tendência da crítica de considerar *Belazarte* como obra menor e (quase) meramente circunstancial, para chegarmos à afirmação de que a realização do livro, ainda que problemática, apresenta uma dupla forma de duração, uma das quais ligada à tradição oral e popular. Do ponto de vista aqui apresentado, tanto o assunto como a presença de elementos da narrativa tradicional responderiam a um interesse representativo específico, que não redundou apenas em "defeitos estéticos" ou numa realização menor de um escritor que, em sua evolução, ao testar as possibilidades do uso literário da lin-

---

1. Jolles, 1976, p. 196.

guagem oral, construiu narrativas movimentadas, interessantes, mas "despretensiosas", dadas a opção temática contingente (a periferia de São Paulo nos anos 1920) e a opção formal esquisita (nem conto, nem crônica). Ao contrário, como procuramos discutir, tais opções devem ser entendidas no contexto da obra de um escritor para quem os supostos "defeitos" eram escolhas estéticas que tentavam, a seu modo, responder aos desafios da realidade que confrontava. Procuramos analisar esse aspecto positivo da construção sem, com isso, negligenciar o reconhecimento de seus limites.

Podemos dizer que, à sua maneira – e guardadas as devidas proporções – *Belazarte* tem algo da duração que o crítico José Antonio Pasta Jr. observa na obra de Brecht. Em *Trabalho de Brecht*[2], ao comentar a "vocação para o mundo" da produção do dramaturgo alemão cuja grandeza, segundo o crítico, reside no fato de "premeditando-se até o extremo só admitir sua consecução última como real e coletiva", Pasta Jr. diz ser "sintomático que, ao alcançar-se, de um golpe, uma primeira visão de conjunto da produção de Brecht, se tenha a impressão de um coletivo organizado em ação, não de uma obra individual". Essa impressão deve-se, sobretudo, ao fato de que a produção brechtiana realiza um "duplo e paradoxal movimento": "o de se fazer obra e o de se fazer mundo, ser palavra e coisa, constituir--se e abolir-se ao mesmo tempo, aparições problemáticas dessa obra que, frente ao mundo, quer ser emblema e instrumento, e que aí se entrega, simultaneamente, ao trabalho duplo e imbricado de construir e destruir".

A comparação, apesar de pertinente, desperta imediatamente uma sensação de desproporção, que não a invalida e, talvez, ajude a precisá-la. Também a produção de Mário de Andrade, como discutimos desde o primeiro capítulo, tem algo de um "coletivo organizado em ação", realização que, em certa medida, compartilha com a de Brecht. Mas, no caso do alemão, essa realização consuma-se na medida em que sua produção é, a um só

---

2. Pasta Jr., *Trabalho de Brecht*, São Paulo, Ática, 1986, pp. 15-17.

tempo, obra e mundo. Isso porque, ao mergulhar nas contradições da realidade que confrontava, realiza-se como "emblema e instrumento", na medida em que, ao representar contradições e revelar relações ("emblema"), age na prática efetiva da realidade social em direção à superação dessas mesmas contradições ("instrumento"). Daí a produção brechtiana "admitir só consecução última como real e coletiva", realizando um "trabalho duplo e imbricado de construir e destruir". Mas, não é demais enfatizar, trata-se, nesse caso, de colaborar para a superação do capitalismo: construir o devir, destruir o estado atual de coisas.

Mário de Andrade, ao contrário, confronta uma realidade em que as contradições se operam de maneira truncada e na qual os mecanismos de dominação são, ao mesmo tempo, mais nebulosos e mais explícitos, na medida em que, no caso brasileiro, a própria explicitude não colabora para o desmascaramento, mas, ao contrário, dificulta a expressão, o discurso e a representação da realidade em si mesma. Isso acontece pois, prescindindo da constituição clara de uma ideologia, as relações de classe configuram-se de modo a rebaixar e desqualificar as tentativas de discurso crítico, eliminando recorrentemente as bases sobre as quais a crítica poderia constituir-se, debochando em sua insolência das "ingênuas" tentativas de afirmar o óbvio. Daí parecer que o tempo todo o país e boa parte de sua literatura giram em círculos, retornando aos pressupostos, incapazes de avançar sistemática e coletivamente nas discussões e reflexões sobre nossa realidade. Ao contrário, os avanços parecem seguidos de recuos, que obrigam, como acabamos de dizer, ao retorno aos pressupostos e ao esvaziamento das discussões. Em certa medida, esta discussão que estamos desenvolvendo agora é ela mesma prova desse giro em falso permanente, dessa "volubilidade" às vezes insuperável, que não cessa de ser proposta e retomada (e repetida, pois quase não avança) pelo menos desde Machado de Assis, cuja grandeza, em parte, reside justamente no fato de ter encarado o deboche de frente, tomando-o como elemento de construção literária.

Daí Mário de Andrade, como todos os nossos escritores e poetas, deparar-se com o desafio de dar forma ao que não tem forma definida, de constituir o que nunca acabou de se formar e que se degenera antes de se consumar. Desafio que, de maneira angustiante, no caso de nosso escritor, acaba por tomar a forma de construção, não de um discurso crítico que prepara a superação do estado de coisas, mas da representação cultural do país: "dar uma alma ao Brasil", como conclama em sua primeira carta a Drummond[3]. No entanto, tal construção é, em si mesma, sintoma de insubsistência, de modo que, ao realizar-se, toma a via do negativo e depara-se com a necessidade de destruir, de combater. Necessidade que também não opera na chave da superação que a produção de Brecht encarna, mas da constituição elementar da "tradição literária", ou melhor, na tentativa de eliminação do giro em falso e no esforço (malfadado) de colaborar para a construção da base efetiva sobre a qual o país pudesse tomar consciência de si e avançar. Enfim, "dar uma alma ao Brasil", o que não era tarefa para um homem. Aliás, o fato de Mário pretendê-la, paradoxalmente, parece dar a medida, por um lado, de seu envolvimento "sincero" com a "causa brasileira" na literatura e dos esforços imensos que a isso dedicou, e, por outro, de certa "pretensão desengonçada", de um gosto problemático pelo "automartírio" que cinde sua produção num sentido diferente do que ele pretendeu, tendendo a datar parte dela como momento superado da produção literária brasileira.

Desse modo, a produção de Mário de Andrade revela-se ainda mais paradoxal: construir é destruir, e destruir é construir, um implica o outro e ambos se anulam ao mesmo tempo. Daí a obra não chegar a se consumar, realizando plenamente suas potencialidades. Daí também a discussão entre realização e falha, e a oscilação entre exaltação laudatória e rejeição leviana que define grande parte da recepção crítica do conjunto da produção do autor até nossos dias. Como discutimos, o próprio Mário de Andrade tinha consciência do "inacabado" e ora o defendia

---

3. Andrade, "Carta de 10 de novembro de 1924", 1989, p. 23.

(como em *O Banquete*) ora torturava-se, como se vê no prefácio abandonado de *Belazarte*, quando afirma que logo depois de ter escrito *Macunaíma* seu "desespero foi enorme ante a obra-prima que falhou", concluindo que "o filão era de obra-prima porém o faiscador servia só para cavar uns brilhantinhos de merda". Daí, ao final do prefácio, ele afirmar que não cansava de recomeçar e que temia apenas que os seus "saxofones" fossem "tão somente umas reminiscências orquestrais..."

Fica-se com a sensação de que, seguindo o ensinamento machadiano, a solução para a representação estética de valor entre nós seria abrir mão de qualquer interesse afirmativo, construindo-se completamente pela via do negativo. Mário não chega a isso, e seu desejo "sincero" de constituição, de atuação, de ação no campo cultural brasileiro possui, também ele, um efeito paradoxal, pois é o responsável pela sua grandeza e por seu revés, pela sua importância e por seu infortúnio.

Bibliografia

DE MÁRIO DE ANDRADE

Amar, Verbo Intransitivo: idílio. 16. ed. Belo Horizonte, Villa Rica, 1994.

Aspectos da Literatura Brasileira. 6. ed. São Paulo, Martins, 1978.

O Banquete. 2. ed. São Paulo, Duas Cidades, 1989.

Belazarte. São Paulo, Piratininga, 1934.

Carta de 16 de maio de 1935 a Prudente de Moraes Neto. In: BARBOSA, Francisco de Assis. *Intelectuais na Encruzilhada: Correspondência de Alceu Amoroso Lima e António de Alcântara Machado (1927--1933)*. Rio de Janeiro, Academia Brasileira de Letras, 2001. (pp. 49--53).

Cartas a um Jovem Escritor: de Mário de Andrade a Fernando Sabino. 3. ed. São Paulo, Record, 1993.

Os Contos de Belazarte. 4. ed. São Paulo, Martins, 1956. (Obras Completas de Mário de Andrade, vol. v).

Os Contos de Belazarte. 8. ed. Belo Horizonte; Rio de Janeiro, Villa Rica, 1992.

Contos Novos. São Paulo, Klick, 1997.
Correspondência Mário de Andrade & Manuel Bandeira. São Paulo, Edusp/IEB, 2000. (Organização de Marcos Antonio de Moraes).
"Crônicas de Malazarte". Arquivo Mário de Andrade do IEB/USP.
O Empalhador de Passarinho. 4. ed. Belo Horizonte, Itatiaia, 2002.
Ensaio sobre a Música Brasileira. 3. ed. São Paulo, Martins, 1972.
Os Filhos da Candinha: crônicas. 3. ed. São Paulo, Martins; Brasília, INL, 1976. ("O Diabo", pp. 23-30).
A Lição do Amigo: Cartas de Mário de Andrade a Carlos Drummond de Andrade. 2. ed. São Paulo, Record, 1988.
Macunaíma: O Herói Sem Nenhum Caráter. 2. ed. São Paulo, Edusp, 1996.
Obra Imatura. 3. ed. São Paulo/Belo Horizonte, Martins/Itatiaia, 1980.
Poesias Completas. São Paulo, Círculo do Livro, 1976.
Taxi e Crônicas no Diário Nacional. São Paulo, Duas Cidades; Secretaria da Cultura, Ciência e Tecnologia, 1976.
"O Túmulo na Neblina". In: BARBOSA, Francisco de Assis. *op. cit.* (pp. 55-66).

SOBRE MÁRIO DE ANDRADE

BANDEIRA, Manuel. "Prefácio". In: *Correspondência Mario de Andrade & Manuel Bandeira. op. cit.* (pp. 681-682).
BARBOSA, Francisco de Assis. *Intelectuais na Encruzilhada: Correspondência de Alceu Amoroso Lima e António de Alcântara Machado (1927-1933).* Rio de Janeiro, Academia Brasileira de Letras, 2001.
BOSI, Alfredo. *Céu, Inferno.* 2. ed. São Paulo, Editora 34, 2003.
BUENO, Raquel Illescas. *Belazarte me Contou: Um Estudo de Contos de Mário de Andrade.* Dissertação (Mestrado), FFLCH/USP, São Paulo, 1992.
LAFETÁ, João Luiz. *1930: A Crítica e o Modernismo.* 2. ed. São Paulo, Duas Cidades; Editora 34, 2000.
MELLO E SOUZA, Gilda de. *O Tupi e o Alaúde.* São Paulo, Duas Cidades, 1979.

MILLIET, Sérgio. "Belazarte", *A Platea*, São Paulo, 23-4-34. (Recortes – IEB/USP).

MONTENEGRO, Olívio. *O Romance Brasileiro*. 2. ed. Rio de Janeiro, José Olympio, 1953. (Capítulo XVII "Mário de Andrade").

PAULILLO, Maria C. de Almeida. *Mário de Andrade Contista*. Dissertação (Mestrado), FFLCH/USP, São Paulo, 1980.

PINTO, Edith Pimentel. *A Gramatiquinha de Mário de Andrade: Texto e Contexto*. São Paulo, Duas Cidades e Secretaria de Estado da Cultura, 1990

PROENÇA, M. Cavalcanti de. *Estudos Literários*. 3. ed. Rio de Janeiro, José Olympio, 1982. ("Sobre a ficção de Mário de Andrade").

RABELO, Ivone Daré. *A Caminho do Encontro: uma Leitura de Contos Novos*. São Paulo, Ateliê Editorial, 1999.

ROSENFELD, Anatol. "Mário de Andrade", *Letras e Leituras*. São Paulo, Perspectiva e Edusp; Campinas, Editora da Unicamp, 1994. (pp. 95--116).

_____. "Mário e o Cabotinismo", *Texto/contexto*. 5. ed. São Paulo, Perspectiva, 1996. (pp. 185-200).

SABINO, Fernando. "Improviso do Amigo Morto", *Cartas ao Jovem Escritor, op. cit.* (pp. 5-11).

SANTOS, Sérgio R. de Carvalho. *O Drama Impossível: Teatro Modernista de António de Alcântara Machado, Oswald de Andrade e Mário de Andrade*. Tese (Doutorado), FFLCH/USP, São Paulo, 2002.

GERAL

ADORNO, Theodor W. *Prisms*. Cambridge, The MIT Press, 1988.

ALCÂNTARA MACHADO, Antonio de. *Brás, Bexiga e Barra Funda e Laranja da China*. São Paulo, Klick: O Estado de São Paulo, 1999.

ARRIGUCCI, Davi. *Humildade, Paixão e Morte*. São Paulo, Companhia das Letras, 1990.

ASSIS, Machado de. *Obra Completa em Três Volumes*. Rio de Janeiro, Nova Aguilar, 1992. (Volume I: Romance).

BENJAMIN, Walter. *Documentos de Cultura, Documentos de Barbárie*. (Organização de Willi Bolle). São Paulo, Cultrix e Edusp, 1986.

_____. *Obras Escolhidas*. 3.v. São Paulo, Brasiliense, 1987.

_____. *Tentativas sobre Brecht*. Madrid, Taurus, 1975.

BOSI, Alfredo. *História Concisa da Literatura Brasileira*. 2. ed. São Paulo, Cultrix, 1980.

CAMARGO, Candido P. F. *et alii*. *São Paulo 1975: Crescimento e Pobreza*. São Paulo, Loyola, 1976.

CANDIDO, Antonio. "Dialética da Malandragem", *O Discurso e a Cidade*. 3. ed. São Paulo, Duas Cidades; Rio de Janeiro, Ouro sobre Azul, 2004. (pp. 17-46).

_____. *Educação pela Noite e Outros Estudos*. 2. ed. São Paulo, Ática, 1989.

_____. *Formação da Literatura Brasileira*. Belo Horizonte, Itatiaia, 1993.

_____. *Literatura e Sociedade*. São Paulo, Cia. Editora Nacional, 1965.

FREIRE, Gilberto. *Casa Grande & Senzala*. 45. ed. Rio de Janeiro; São Paulo, Record, 2001.

FROMM, Erich. *O Medo à Liberdade*. 14. ed. Rio de Janeiro, Guanabara, 1983.

FURTADO, Celso. *Formação Econômica do Brasil*. 20. ed. Rio de Janeiro, Companhia Editora Nacional, 1985.

GLEDSON, John. *Machado de Assis: Impostura e Realismo: Uma Reinterpretação de Dom Casmurro*. São Paulo, Companhia das Letras, 1991.

HOLANDA, Sérgio B. *Raízes do Brasil*. 17. ed. Rio de Janeiro, José Olympio, 1984.

JAY, Martin. *A Imaginação Dialética: História da Escola de Frankfurt e do Instituto de Pesquisas Sociais, 1923-1950*. Rio de Janeiro, Contraponto, 2008.

JOLLES, Andre. *Formas Simples: Legenda, Saga, Mito, Adivinha Ditado, Caso, Memorável, Conto, Chiste*. São Paulo, Cultrix, 1976. (Capítulo "O Conto", pp. 181-203).

KAFKA, Franz. *A Metamorfose*. São Paulo, Companhia das Letras, 1997.

KOWARIK, Lúcio. *A Espoliação Urbana*. Rio de Janeiro, Paz e Terra, 1979.

LIMA, Herman. "A Evolução do Conto". In: COUTINHO, Afrânio (org.). *A Literatura no Brasil*. 2. ed. Rio de Janeiro, Editorial Sul Americana, 1971. (Vol. VI; pp. 39-56).

MARTINS, José de Souza. *O Cativeiro da Terra*. 6. ed. São Paulo, Hucitec, 1996.

OLIVEIRA, Francisco de. *A Economia Brasileira: Crítica à Razão Dualista*. 5. ed. Petrópolis, Vozes, 1987.

_____. "A Emergência do Modo de Produção de Mercadorias: Uma Interpretação Teórica da Economia da República Velha no Brasil (1889-1930)". *A Economia da Dependência Imperfeita*. 5. ed. Rio de Janeiro, Graal, 1989 (pp. 9-38).

PASTA JR., José A. *Trabalho de Brecht*. São Paulo, Brasiliense, 1986.

PEREGRINO JR. "Entrevista de António de Alcântara Machado a Peregrino Jr.", In: BARBOSA, Francisco de Assis. *Intelectuais na Encruzilhada. op. cit.* (pp. 5-14).

PRADO JR., Caio. *Evolução Política do Brasil e Outros Estudos*. São Paulo, Brasiliense, 1953.

_____. *Formação do Brasil Contemporâneo*. São Paulo, Brasiliense, 1998.

ROMERO, Sílvio. *Contos Populares do Brasil*. São Paulo, Landy, 2000.

ROSENFELD, Anatol. *O Teatro Épico*. 4. ed. São Paulo, Perspectiva, 2000.

SCHWARZ, Roberto. "A Carroça, o Bonde e o Poeta Modernista", *Que Horas São?* São Paulo, Companhia das Letras, 1997. (pp. 11-28).

_____. *Um Mestre na Periferia do Capitalismo*. 4. ed. São Paulo, Duas Cidades e Editora 34, 2002.

_____. "A Poesia Envenenada de *Dom Casmurro*", *Duas Meninas*. São Paulo, Companhia das Letras, 2000. (pp. 7-41).

_____. *Ao Vencedor as Batatas: Forma Literária e Processo Social nos Inícios do Romance Brasileiro*. 5. ed. São Paulo, Duas Cidades e Editora 34, 2000.

SINGER, Paul. *Desenvolvimento Econômico e Evolução Urbana*. São Paulo, Companhia Editora Nacional, 1974.

_____. *Economia Política da Urbanização*. 14. ed. São Paulo, Contexto, 1998.

VIANNA, Sérgio. *Pedro Malasartes: Aventuras de Um Herói Sem Juízo*. São Paulo, Resson, 1999.

Título	*Modernização pelo Avesso: Impasses da Representação Literária em* Os Contos de Belazarte, *de Mário de Andrade*
Autor	Wilson José Flores Jr.
Editor	Plinio Martins Filho
Produção Editorial	Aline Sato
Capa	Tomás Martins (projeto gráfico)
	Henrique Xavier (ilustração)
Revisão	Geraldo Gerson de Souza
Editoração Eletrônica	Camyle Cosentino
Formato	12,5 × 20,5 cm
Tipologia	Minion Pro
Papel	Pólen Soft 80 g/m² (miolo)
	Cartão Supremo 250 g/m² (capa)
Número de Páginas	168
Impressão e Acabamento	Gráfica Vida e Consciência